편애하는 문장들

일러두기

* 저자 특유의 글말을 살린 표현이 있습니다.
* 본문 인용을 흔쾌히 허락해주신 저자와 출판사 관계자 분들께 감사드립니다.
허락을 받지 못한 인용문에 대해서는 추후에라도 적법한 절차를 진행하겠습니다.

편애하는 문장들

지은이 **이유미**
펴낸이 **임상진**
펴낸곳 (주)넥서스

초판 1쇄 발행 2021년 11월 25일
초판 4쇄 발행 2023년 9월 15일

출판신고 1992년 4월 3일 제311-2002-2호
10880 경기도 파주시 지목로 5 (신촌동)
Tel (02)330-5500 Fax (02)330-5555

ISBN 979-11-6683-165-2 03810

가격은 뒤표지에 있습니다.
잘못 만들어진 책은 구입처에서 바꾸어 드립니다.

www.nexusbook.com

편애하는 문장들

지극히 사소한 밑줄로부터

이유미 지음

Qrious

prologue

✳

"사장님, 이 책도 파는 거죠?"

책방을 연 지 3개월 정도 되었을 때였다. 다른 서점과 달리 책방에서 책을 빌려 읽고 갈 수 있는 '밑줄서점'에서는 내가 읽은 책 혹은 읽는 중인 책을 보게 되는 경우가 대부분이다. 눈치챘겠지만 서점 이름이 밑줄서점인 이유가 내가 독서할 때 밑줄을 많이 긋는 편이라 그렇다. 어느 손님이 읽던 책을 덮고 계산을 요구했다. 새 책이 있었음에도 내(가 읽은) 책을 구매하고자 했다. 밑줄이 좍좍 그어져 있고 군데군데 접힌 손때 묻은 책이었다. 정중히 새 책 구매를 권유했으나 가격을 떠나 내 책을 사고 싶어했다. 조금 당황한 나는 어째야 하나 고민하다가 눈물을 머금고 계산해 드렸다.

책을 팔기로 했으니 당연히 팔아야 하는 것만 같아서 거절도 못했다. 내가 안절부절못하는 반면 손님은 당당하게 내 책을 원했다. 그 기세에 눌려 더 팔아야(?) 했는지도 모른다. 서운하고 속상한 마음이 밀려왔다. 그 책 제목은 《비행운》. 오랫동안 닳고 닳게 읽은 책이고 앞으로도 계속 읽을 책이었다. 이렇게 이별의식도 없이 갑작스레 보내야 할 줄은 꿈에도 몰랐다. 조금 과장해서 자식 떠나보내는 기분이랄까? 하하. 절대 안 된다고 하기도 애매한 게 팔 수 있는 헌책 사이에 꽂혀 있었기 때문. 그 뒤로도 몇 차례 손님들은 책방주인이자 작가인 내가 소장한 책을 사려고 했다. 남이 쳐놓은 밑줄을 거부하는 독자가 있는 반면, 타인의 밑줄에 공감하는 독자도 있으니까.

대책을 세워야 했다. 손님이 없는 텅 빈 책방에 앉아 곰곰이 생각에 잠긴 나는 불현듯 글을 남기면 어떨까? 하는 생각이 들었다. 독후감을 남기는 게 아니라 책을 읽다가 밑줄 그은 문장에서 시작된 나의 이야기를 하나씩 남겨놓는다면 훗날 그 책을 손님이 사가도 덜 서운할 것 같았다. 책과 나는 미리 이별의식을 거행한 거나 다름없으므로. 어떤 글은 한 권을 다 읽기도 전에 쓰였고, 어떤 글은 책을 다 읽고 난 뒤 한참이 지나 쓸 수 있었다. 어쨌든 가급적이면 뭔가 남겨놓고 싶었다. 손님이 사갈 리 없는 책이라 할지라도 내가 편애한 문장에 곁들인 이야기를 차곡차곡 쌓기 시작했다. 《편애하는 문장들》은 그렇게 묶였다. 내가 밑줄 그은 문장들에 공감하지 못하고 갸우뚱할지도 모르겠다. 문장에 어떤 의미가 담겨서가 아니라 문장에서 나만 아는 에피소드가 '파밧' 하고 떠올랐기 때문이니까.

에세이를 쓰고자 하는 분들께 뭘 써야 할지 모르겠다는 질문을 간혹 받는다. 그럴 때 다른 에세이를 읽어보며 작가가 쓴 주제 혹은 메시지를 갖고 '나만의 이야기'를 찾아보라고 말한다. 커다란 주제가 부담스럽다면 내가 치른 이별의식(?)처럼 문장에서 시작하는 것도 추천한다. 분량을 정하고 쓰면 훈련이 더 잘되겠지만 꼭 채우지 못하더라도 단 몇 줄이라도 남겨놓는 습관이 중요하다고 말해주고 싶다. 책을 읽다 공감 가는 문장을 발견하고 자신의 에피소드가 떠오르면 바로 써놓거나 그 문장 곁에 내가 쓰고자 했던 이야기를 간략하게 메모로 남겨뒀다가 나중에 써보는 방법도 있다. 이 책도 그렇게 쓰였다.

편애하는 문장 아래 나의 이야기를 남겨두었다 해서 애정하는 책에 대한 미련이 싹 사라지는 건 아니었다. 다만 좀 덜 서운할 뿐. 때로는 아끼는 책이라는 이유로 밑줄서점 책장에 꽂혀 있기보다 다른 독자에게 닿아 새로이 읽히는 편이 책이 바라는 운명일지도 모른단 생각이 든다. 그러니 고이 보내드리오리다. 그럼에도 책방지기가 못 파는 책은 손님들이 너그러이 이해해주시길.

2021년 가을

이유미

차
례
✳

PART 3. 지치지 않도록 유연하게

PART 1.

치밀하지 못해도 밀도 있게

하고 싶었던 일이든 아니든,
그 일이 나를 정말 불행하게 만든다면 그만두어야 한다.
세상에 나를 망치는 데도 버텨야 할 만큼
중요한 일이란 건 결코 없으니까.
일을 하며 그 정도까지 불행해진다면
그렇게 얻은 성취감이나 돈으로 아무리 퉁을 쳐 봐야
퉁이 안 될 테니까.

_김신지 《평일도 인생이니까》(RHK, 2020)

#1

퉁치지 않는 삶

퇴사한 지 1년이 지났다. 시간이 이만큼 흐른 것도 잊고 살았다. 요즘 그런 생각을 한다. 다행히 퇴사 후 1년을 잘 버틴 것 같다고. 이유 중 하나는 수입이다. 부지런히 벌었다. 회사를 관두고 책방을 차릴 때는 2년 정도 수입이 없어도 괜찮지 않을까, 생각했지만 막상 수입이 하나도 없을 걸 상상하면 막막했다. 감사하게도 크고 작은 회사에서 의뢰가 들어와 슬로건 작업이나 홈페이지 텍스트 정립 관련 작업 그리고 기업의 직원들 상대로 하는 카피 컨설팅, 카피라이팅 강연 등 다양한 일을 하며 지낸다. 뭐라도 하며 1년이 지났으니 나름대로 잘 보낸 것 같다고 생각한다. 따라오는 수입은 말할 것도 없고.

저마다 회사를 관두는 여러 이유가 있을 테지만 나는 출퇴근 때 길에 쏟는 시간과 소진되는 에너지가 날 불행하게 만든다고 생각했다. 앞으로도 계속 물에 젖은 휴지처럼 축 처져 아이를 키워야 하는 걸까. 엄마가 이렇게 힘들게 돈 벌어서 육아에 살림까지 하고 있으니 네가 좀 이해해라,라고 말하며 버티는 게 맞을까, 하는 생각이 자주 들었다. 남들도 다 이렇게 사는데 버티는 게 뭐 그리 어렵겠어,라고 마음을 다잡았다. 그러나 출근하면 할수록 지금 내 인생에서 월급이 가장 중요한 것일까, 돈으로 이 모든 고통을 퉁쳐도 되는가, 하는 고민을 떨쳐내기 힘들었다. 회사를 관두기로 결정한 뒤에는 오히려 걱정이 줄고 설렘이 늘었다. 적게 벌면 적게 쓰면 된다고 단순하게 마음먹으니 행복해졌다. 회사 관두면 뭐해? 라는 질문에 회사가 내 인생에 전부는 아니야,라는 답을 찾고 순수하게 즐거워졌다.

변화된 환경에 적응하고 일과 육아를 병행하면서 회사 다닐 때 못했던 것(주로 낮 시간을 활용한 일들. 운동이나 피부 마사지나 공원 산책, 뭐 가끔은 땡땡이)도 하고 두 권의 책도 출간했다. 지난 1년 스스로 만족스럽게 보냈다. 당장 내년에는 어떻게 될지 아무것도 모르지만 일단 써야 하는 글들이 있어서 마음은 든든하다. 김신지 작가의 말처럼 최고의 작가가 되는 건 어렵지만 매일 쓰는 건 할 수 있으니까. 오늘 한 장이라도 쓰면 오늘이 충만해진다는 걸 경험했으니까 그렇게 또 일주일을 한 달을, 한 해를 채우면 될 것이다.

✳

엄마로서 아이를 사랑하는 마음은 24시간 이상이지만
예술가로서 내 일을 잘 수행해야 아이를
더 깊게 사랑할 수 있기에
나만의 시간을 지키기로 했다.

_김다은 외 《자아, 예술가, 엄마》(팩토리, 2019)

#2

지금부터는 나의 시간

2020년도 이제 한 달밖에 남지 않았다. 얼마 전 초등학교 5학년인 조카를 차에 태우고 가는데 조카가 "이모 그냥 올해는 없었다 치고 내년에 다시 2020년 했으면 좋겠어."라고 말했다. 아이들에게도 2020년이 허무하긴 마찬가지인가 보다. 코로나 시국이라는 초유의 사태에 갈팡질팡하는 사이 한 해가 저물었다. 올 초에는 여름에도 안 끝나면 한여름에 마스크 어떻게 쓰고 다녀,라고 걱정했는데 여름, 가을이 지나 다시 겨울이 됐다. 그나마 다행인 건 12월에는 마스크가 따뜻하게 여겨지기도 한다는 것. 어린 아들에게 가장 미안한 한 해가 아닐까 싶다. 아이에게 자주 화냈고 짜증을 부렸다. 불안해하는 엄마의 모습에 아이는 눈치를 살폈다. 더 미안했다. 안 그래야지 하면서도 또 히스테릭해졌다. 회사를 관뒀지만 여전히 워킹맘이다. 프리랜스 카피라이터, 전업 작가이니 계속해서 글을 써야 하는데 그럴 여건이 안 됐다. 그 어느 때보다 독하게 마음먹지 않으면 아무것도 할 수 없었다. 아이와 함께 집에 머무는 동안 나름의 규칙이 생겼다. 우린 점차 서로를 이해하고 배려하기 시작했다. 같은 공간에 있어도 내가 책을 읽거나 스마트폰을 볼 때 아이는 알아서 장난감을 가지고 놀거나 어린이 프로그램을 보면서, 최대한 내 시간을 방해하지 않으려고 한다.

코로나19 초기만 해도 아이와 있을 땐 무조건 아이에게 집중해야 한다고 생각했다. 그러지도 못할 거면서. 작업할 때는 최대한 몰입했다. 순간 집중력이 필요했다. 그날그날 처리해야 하는 일들도 있었기 때문이다. 아이는 자립심을 키워 나갔다. 엄마를 보채지 않고 3, 40분은 혼자 놀 수 있게 됐다. 잠자리에 들 때도 나름대로 규칙이 있다. 가끔은 책을 읽어주기도 하지만 굉장히 드물고, 보통은 아이가 좋아하는 5, 10분짜리 프로그램을 한두 편 보여준다. 이것만 보고 자는 거다? 라고 약속한 뒤 나는 내가 읽을 책을 펼친다. 그때부터 내 마음대로 쓸 수 있는 시간으로 들어간다. 2개만 보기로 약속을 지킨 아이가 내 곁에서 잠들고 나는 침대에 비스듬히 기대앉아 낮에 못 읽은 책을 본다. 남편의 코고는 소리가 높아지면 책을 들고 거실로 나간다. 내 시간을 지켜내지 못하고 아이에게 끌려다니면 자포자기 심정이 돼 아무것도 할 수 없다. 지금은 특수한 상황이니까,라고 칭얼대는 것도 하루 이틀이다. 이젠 장기전이라는 걸 모두가 안다. 매정하게 보일지 몰라도 딱 잘라 말할 수 있어야 한다.

"지금부터는 엄마의 시간이야."

✳

중요한 것은 '언제나 깨끗한 집'이 아니라 '내가 원할 때 언제든 깨끗한 집을 만들 수 있느냐' 하는 것이죠. 어떤 집이든 생활하다 보면 지저분해지고 어질러지기 마련이에요. (중략) 즉 '회복탄력성이 높은 집'을 위한 노하우가 필요해요.

_김영은 《하루 10분 꼼수 살림법》(청림Life, 2020)

#3

집의 회복 탄력성

집에 머무는 시간이 늘면서 그 어느 때보다 집에 관심을 갖게 됐다. 인테리어 아이템의 매출이 증가하고 SNS에도 자신이 머무는 공간 사진을 올리는 이가 많아졌다. 그중에 나도 포함된다. 아닌 게 아니라 마땅히 나갈 곳이 없으니 자연스럽게 집을 다시 보게 됐다. 여기를 좀 바꾸면 좋겠는데? 저기에 변화를 줘볼까? 하는 궁리가 늘었다.

우린 고양이 한 마리를 키운다. 고양이는 털이 많이 빠지기 때문에 오래도록 바닥 생활을 하지 않았다. 처음에는 거실에 6인용 식탁을 두고 거기서 책을 읽거나 밥을 먹었다. 지금 생각하면 참 딱딱한 공간이었다. 현재 집에 살게 된 지 7년이란 시간이 흐르는 동안 다양한 시도를 하며 공간을 조금씩 바꿔 나갔다. 최근에는 과감히 바닥 생활을 시작했다. 바닥 생활이 뭐냐면 거실에 카펫을 깔고 생활하기 시작한 것이다. 거실에 소파를 둔 지도 몇 년 안 됐다. 소파를 반려묘 봉봉이가 다 뜯기 때문이었다. 포기할 건 포기하자 싶어 소파도 놓고 아늑한 분위기가 그리워져 과감히 카펫을 주문했다. 고양이 털 때문에 카펫은 엄두도 못 냈는데 기대 이상으로 좋다. 사실 어느 정도 감내하고 좀 더 부지런해지면 털은 큰 문제될 게 없다. 의외로 고양이 키우는 집에 카펫을 많이 까는데 그 이유 중 하나는 카펫에 털이 묻으면 오히려 공기 중으로 날리지 않기 때문이다. 막상 살아보니 바닥에 앉을 수 있어 거실을 최대한으로 활용할 수 있게 됐다.

지난주에는 주방 쪽을 바꿨다. 워낙 좁은 주방이라 식탁을 둘 엄두를 내지 못했는데 원래 있던 전자레인지와 밥솥 장을 치우고 그 자리에 식탁을 뒀더니 안 쓰던 주방까지 사용하게 됐다. 나는 지금도 이 식탁에서 글을 쓰고 있다. 소설 쓰는 건 아니지만 '키친 테이블 노블'을 실현하는 중이랄까. 식탁을 놓지 않았다면 거실과 주방을 잇는 통로에 불과했을 텐데. 요즘 거실과 주방 두 공간을 두루 활용하면서 생각을 조금만 바꿔도 집은 크기와 상관없이 얼마든지 변형될 수 있다는 걸 깨닫는다. 고양이털이 신경 쓰인다면 좀 더 자주 청소기를 돌리면 그만이고 옷에 털 묻는 게 걱정되면 돌돌이 테이프를 쓰되 그마저도 그냥 다 내려놓으면(포기하면) 마음이 한결 편해진다. 포기한 만큼 공간을 쓸 수 있다.

새로 생긴 주방 식탁에서 밥을 먹으며 정면으로 보이는 거실 창밖을 바라보는 것도 좋고 밥을 차릴 때마다 거실로 일일이 그릇을 옮기지 않아도 되니 훨씬 편하다. 전자레인지와 밥솥 둘 곳이 마땅치 않아 장을 없앨 수 없다는 생각에서 조금 떨어져 보니 좁은 우리 집에도 큰 집과 다른 모양의 쓸모가 숨어있었다.

'여긴 이런 걸 둘 수 없어.' 같은 고정관념을 깨면 좁은 집도 얼마든 확대될 수 있다. 우리 집은 고양이를 키우니까 거실 바닥엔 앉을 수 없어,라는 인식을 바꿨더니 세 식구가 옹기종기 모여 앉아 TV도 보고 게임도 할 수 있는 공간이 마련되었다. 우리 주방에는 식탁이 안 어울려,라는 생각에서 방향을 살짝 트니 모두 잠든 새벽에도 노트북과 여러 권의 책을 펼쳐놓고 글을 쓸 수 있는 작업 공간이 생겼다. 옷에 고양이털 좀 묻어도 돼. 좁은 주방도 가구를 어디에 배치하느냐에 따라 달라질 수 있어. 뒤집어 생각하고 비스듬히 바라보니 재미있고 유용한 공간, 우리 집만 보여줄 수 있는 탄력적인 구조가 탄생했다.

✳

모든 시즌을 통틀어 공간의 크기와 열악함, 연령대, 주조연, 지적 수준, 성격을 막론하고 남성 인물은 전부 자신의 일에 바로 몰입할 수 있는 책상 하나쯤은 갖고 있었다. 반면 여성 인물의 방 풍경은 많이 다르다. 책상 자체가 없고, 필요할 때는 화장대가 그 역할을 대신했다.

_이자연 《어제 그거 봤어?》(상상출판, 2021)

#4

여자에겐 책상이 필요해

오랜만에 아는 편집자에게 안부 이메일을 받았다. 무더운 여름 어떻게 지내는지 간단한 인사와 함께 최근 작업한 책을 보내주고 싶다는 내용이었다. 오는 책 마다하지 않는 스타일이라 냉큼 감사하게 받겠다고 하고 주소를 댔다. 다음 날 도착한 책이 이자연 작가의 《어제 그거 봤어?》였다. 얼마 전 SNS에서 이슬아, 수신지 작가의 추천사를 읽고 궁금했던 책이다. 펼치자마자 나오는 〈하이킥 시리즈에는 책상이 없다〉를 읽고 뒤통수를 제대로 맞은 기분이었다. 간추리면 제목 그대로 한때 대유행이던 시트콤 '하이킥 시리즈'에 대한 이야기로 극중 수많은 여성 캐릭터에게는 책상이 없다는 거다. 다만 그들에겐 화장대가 있다. 하이킥을 즐겨 봤지만 책상의 존재를 인지하지도 못했을뿐더러 여자에게 책상의 의미를 다시금 생각해보게 한 글에 물개박수를 치지 않을 수 없었다.

나도 내가 쓴 《자기만의 (책)방》에서 책상의 중요성을 자기만의 공간에 빗대어 말한 바 있다. 책상도 엄연한 공간이니 그걸 어떻게 꾸미고 가꾸느냐가 나를 이해하고 존중하는 거나 다름없다는 내용이었다. 그리고 그건 여자에게 당연히 책상이 존재한다는 걸 깔고 한 이야기였다. '하이킥 시리즈'처럼 대중에게 큰 인기를 얻은 프로그램에서 여성을 바라보는 시선이 여자는 책상 없이 화장대에서 공부해도 되잖아? 라는 걸 깨닫지 못한 내가 바보 멍청이처럼 여겨졌다.

> *답은 아주 명료하다. 화장대의 기능을 떠올려 보면, 여자라면 당연히 꾸미길 좋아할 거라는 믿음이나 혹은 그래야 한다는 통념이 서사적 논리를 뛰어넘어 TV 안에서 살아남은 것이다.*
> *_《어제 그거 봤어?》 21쪽*

책 내용을 떠나 나부터가 책상의 필요를 절실히 느낀다. 우리 집에는 내 책상이 없다. 나는 식탁에서 글을 쓴다. 물론 내 책상은 내가 운영하는 책방에 있다. 책방이 있기 전에는 책상 없이 지냈다. 지금처럼 식탁도 없었다. 그땐 회사에 있는 책상에 만족했다. 하지만 이 집에 이사 오자마자 남편은 그의 커다란 책상을 마련했고 나 또한 별다른 이의제기하지 않았다. (왜 내 책상은 없냐고 하지 않았을까!) 지금은 없앴지만 얼마 전까지 내겐 화장대가 있었다. 거울이 달려 있어 화장대지만 작은 책상처럼 보이기도 했다. 나는 거기서 일기를 쓰고 책을 읽는 것에 만족했다. 사실 그마저도 공간을 차지한다는 이유로 처분했고 현재는 화장대 없이 장롱에 붙은 거울을 보며 서서 화장한다. 큰 불편은 없다. 화장대는 내게 의미 없다. 화장 자체가 중요한 행위가 아니다.

반면 책상은 너무 간절했다. 코로나로 책방에 출근하지 못하는 날이 늘었고 글은 써야 하는데 집에는 내 책상이 없었다. 어쩌지? 고민하다 식탁을 들이기로 했고 그게 지금의 내 책상이 됐다. 식탁은 거실을 바라보는 곳에 위치했고 나는 아이를 돌보며 글을 쓴다. 사실 이 식탁에서 글 쓰는 것도 감지덕지다. 현재 우리 집 어느 방에도 내 책상을 둘 곳이 마땅치 않아 주방밖에 활용할 수 없다. '키친 테이블 노블'을 몸소 실천 중이다.

그나마 내겐 책방이 있다. 특이 케이스다. 보통의 엄마들은 집에 자신의 책상이 있을까? 내가 존경하는 은유 작가도 자신의 책상을 마련한 지 얼마되지 않았다고 들었다. 그도 긴 시간 식탁에서 원고를 썼다. 흔히 방을 나눌 때 '아빠 서재'는 당연시하면서 왜 '엄마 서재'는 챙기지 않는 걸까. 전업 작가인 엄마들에겐 마음껏 읽고 쓸 수 있는 넉넉한 책상이 존재할까. 식구들에게 오픈된 장소에서 최대한의 집중력을 발휘해 글을 쓰는 엄마들을 떠올린다. 어렵지 않다. 바로 내 모습이니까. 여자들의 책상 필요조건이 뒷전으로 밀리지 않았으면 좋겠다. 집을 꾸밀 때 "여기에 엄마 책상을 놓자!"라고 당연하게 이야기했으면 좋겠다. 여자, 엄마에겐 책상이 필요하다.

✳

'일보다 사람을 먼저 보는 자세'가 진짜 일을 잘하는 비결이라는 것을 말이다. 우리의 일은 언젠간 끝이 나지만, 사람과의 관계에선 끝맺음이라는 게 없는 법이다.

_강지연×이지현 《일꾼의 말》(시공사, 2020)

#5

배웅하는 사람들

이직하는 남편의 마지막 출근 날. 회사에서 가져올 짐이 많다고 해서 데리러 갔다. 서울에 나간 김에 모처럼 세 식구 오붓하게 외식이라도 하고 올 계획이었다. 1시간가량 운전해 남편 회사 앞에 다다랐다. 도착했다고 전화하니 커다란 박스를 든 남편이 건물 밖으로 나왔다. 상자를 트렁크에 실은 그가 아이에게 잠시 내리라고 했다.

"아빠 회사 사람들이 서하 보고 싶대."

먼 길(?) 오느라 신발도 벗고 있던 아이가 부랴부랴 운동화를 신고 아빠의 손을 잡은 채 회사 건물로 들어갔다. 그 사이 나는 운전석에서 조수석으로 자리를 바꿔 앉았다. 돌아갈 때는 서울 지리에 빠삭한 남편에게 운전을 맡길 생각이었다. 10분 정도 지나자 남편이 아이를 데리고 왔다. 차에 타기 전 그가 건물 쪽을 향해 손을 흔드는 게 보여 사이드 미러로 회사 입구를 바라봤다. 남편이 팀장으로 있던 부서 사람 예닐곱 명이 건물 앞에서 일제히 손을 흔드는 게 아닌가. 참 보기 드문 광경이었다. 괜스레 눈시울이 붉어지려 했다. 퇴사 인사도 카톡 메시지로 대신하는 시대 아니던가. 직장생활이 삭막해졌다고는 하지만 이직하는 상사를 배웅하는 팀원들이 든든한 한편 그가 부럽기까지 했다.

차에 탄 남편이 시동을 걸었다. 사이드미러로 여

전히 그 자리에 서서 손을 머리 위로 흔드는 사람들을 지켜보았다. 사람들이 들어가지 않은 걸 본 남편은 마지막으로 창문을 열고 왼손을 내밀어 힘차게 흔들었다. 그 손이 "안녕! 잘들 있어!" 하고 말하는 것 같다.

"우리 남편 사회생활 잘했네?"

진심을 담아 건넨 말에 헤어짐이 아쉬운 남편은 미소만 지을 뿐이었다. 나는 한 직장에서 오랜 시간을 보낸 반면 남편은 나보다 짧은 주기로 이직을 했다. 그때마다 사람 때문에 스트레스를 받기도 했고 이직의 사유 중 하나가 직장 동료 때문인 적도 있어서 차가 보이지 않을 때까지 손 흔들어주는 남편의 전 직장 동료들의 모습이 내 마음에 오래 남았다. 한 가지 바람이 있다면 그가 새로 옮기는 직장에서도 이전만큼 돈독한 동료들을 만나 월요일이 기다려지는, 출근하고 싶어지는 근무 환경이 되었으면 좋겠다.

누군가를 반갑게 맞이하는 그 환대의 순간,
내가 당신을 기다렸다는 마음이 전해지는 순간이
나는 참 행복하다.

_권문현 《전설의 수문장》(싱긋, 2021)

#6

자부심의 표정

공교롭게도 2주 연속 주말을 호텔에서 보내고 있다. 이 글을 쓰는 곳은 부산의 파크하얏트 호텔이다. 숙박비는 늘 그렇듯 언니가 내주었다. 광안대교를 바라보며 글을 쓰는데 뭐라 말로 표현할 수 없는 벅참이 가슴에 꽉 차오른다. 내가 이런 호사를 누려도 되나 싶을 만큼 행복하다. 행복한 만큼 글도 잘 써지면 좋으련만 그렇게 될지는 모르겠다.

지난 주말에는 제주도에 있었다. 서하와 고등학생 조카도 함께였다. 따로 잡은 일정 없이 내키는 대로 지내기로 했다. 늦잠으로 피로를 풀고 호텔에서 간단히 식사를 한 후 근처 카페에 가서 맛있는 케이크와 커피를 마셨다. 마땅히 가고자 하는 곳이 없어 내가 제주도 서점에 가자고 말했다. 제주도에는 200여 곳이 넘는 동네서점이 운영 중이다. 내가 인스타그램으로 팔로우하고 있는 몇몇 서점 중 '책방소리소문'이 호텔과 가까워 목적지로 정했다. 책방소리소문 대표님과는 실제로 만난 적은 없지만 페친(페이스북 친구)으로 그분도 내가 퇴사하고 밑줄서점을 운영한다는 사실을 알고 있었다.

막상 사진으로만 보던 서점에 들어가니 제가 이유미예요,라고 말할 용기가 나지 않아 마스크를 쓴 게 오히려 다행이다 싶었다. 책방소리소문은 예상보다 더 넓고 아늑하고 아기자기한 서점이었다. 우리가 갔을 땐 이미 적잖은 손님이 책을 읽거나 고르고 있었다. 외진 곳이라 우리 서점처럼(?) 손님이 없으면 어쩌나 했는데 손님이 많아 내가 다 뿌듯했다. 서점 주인이면서 서점에만 가면 봉인 해제되는 나는 눈여겨보던 책을 서너 권 골라 계산대에 줄을 섰고 기다리는 동안 직업에 관한 큐레이션 코너에 있는 《전설의 수문장》이란 책을 발견했다. 다른 책방에서 책을 고르는 나만의 기준은 제목조차 들어보지 못한 책이다. 이 책 또한 처음 보는 책이어서 냉큼 집어 카운터에 올려놨다. 그날 저녁 호텔에서 호텔 도어맨의 이야기를 읽었다.

이 책의 저자인 권문현 님을 평소 즐겨보는 TV 프로그램 〈유 퀴즈 온 더 블럭〉에서 본 적 있다. 책을 산 뒤 온라인서점에서 《전설의 수문장》을 검색해본 뒤 상세페이지에 실린 사진을 보고 그분인 줄 알게 됐다. 직접 만나본 적은 없으나 아는(?) 사람이라고 생각하고 책을 읽으니 에피소드마다 더 와닿았다. 제목에 들어간 '수문장'이란 단어가 생소해 검색해보니 '각 궁궐이나 성의 문을 지키던 무관 벼슬'이란다. 우리가 아는 호텔 도어맨을 그리 부르니 격이 느껴졌다. 언젠가 장

강명 작가도 전문직 종사자들이 글을 많이 써주었으면 좋겠다고 했는데 나도 한 분야에서 오래 일한 저자들이 쓴 책에 관심이 많다. 아는 직업이지만 몰랐던 사실을 새롭게 알게 되는 재미가 있다.

호텔 요금을 상습적으로 체불하거나 방을 심하게 엉망으로 사용할 경우, 그런 일이 여러 번 반복되면 그 고객은 블랙리스트에 오른다.
_《전설의 수문장》 60쪽

나중에 알았는데 조선호텔은 우리나라 최초로 승객용 엘리베이터를 설치한 건물이었다.
_《전설의 수문장》 23쪽

문제는 '갑질 고객들의 화를 누그러뜨리는 마법의 질문은 무엇일까요?'였다. 신문 인터뷰 때 했던 이야기인데, 정답은 '선생님, 명함 하나 주시겠어요?'이다.
_《전설의 수문장》 56쪽

한곳에서 혹은 한 가지 일을 오래 한 사람들은 자부심이 있다. 사실 일한 기간을 떠나서 사람에 따라 일에 대한 자신감이 강직한 이들이 있다. 그중에서도 호텔에서 일하시는 분들에게 그런 면모가 잘 드러나는 것 같다. 오늘 아침에 일어나 커피를 마시기 위해 커피머신을 쓰려는데 위스키나 물을 마실 수 있는 유리잔은 있는데 머그잔이 보이질 않았다. 보통 컵은 컵끼리 모아놓기 때문에 유리잔 옆에 머그잔이 없어 나는 방 관리하시는 분이 깜박했나 보다 하고는 안내데스크에 전화해 머그잔이 없으니 가져다 달라고 했다. 전화를 받은 직원은 곧장 가져다 드리겠다며 불편을 드려 죄송하다고 했다. 나는 괜찮다고 대답하며 속으로는 호텔에서도 이런 실수를 하네? 라고 생각했다.

5분쯤 지났을까. 초인종이 울렸고 문을 여니 객실 담당직원이 쟁반에 머그잔 2개와 생수 2병을 들고 서 있었다. 쟁반을 받으려는데 직원이 말했다. “머그잔이 없으시다고요? 실례지만 서랍을 확인하셨나요?”라고 정중히 물었다. 그제야 홈 바 아래 서랍이 있다는 게 생각났고 아차차, 하며 냉큼 열어봤다. 아니나 다를까, 서랍에 머그잔을 비롯한 커피잔 세트가 말끔히 세팅되어 있었다. 당황한 나는 “어머, 죄송합니다. 제가 미처 서랍을 확인 못했어요. 아… 이게 여기 있었네요.”라고 답했다. 직원은 “아닙니다. 괜찮습니다. 그럼 머그잔은 빼고 생수만 드리고 갈까요?”라고 물었다. 순간 그의 표정에는 ‘제가 빠뜨렸을 리 없어요.’라고 써 있었다.

그건 자만심이 아니라 자부심의 표정이었다. 꼼꼼히 살피지 않아 직원에게 헛걸음을 시켜 굉장히 민망해진 나는 몇 번이나 죄송하다고 말했다. 50대로 보이는 그는 온화한 미소로 "더 필요하신 것 없으세요?"라고 물었고 나는 충분하다고 대답했다.

✳

하다못해 슴슴하고 물렁한 무나물 같은 하찮은 것까지 저희들은 죽었다 깨어나도 그 맛을 못 낸다는 거였다. 내가 개성 출신이라는 것 때문에 내 손맛을 그렇게 신비화시키는지도 몰랐다. 나는 그런 칭찬이 싫지 않았다. 싫지 않은 정도가 아니라 전통의 맥, 가문의 품격까지 얹어서 평가받고 있다고 여기고 싶었다.

_박완서 《그리움을 위하여》(문학동네, 2013)

#7

믿는 구석

서울에 볼일이 있어 나갔다가 집으로 돌아가는 길 친정에 들렀다. 코로나19로 집에만 있는 엄마도 보고 주린 배도 채우기 위해서였다. 안 그래도 들를 참이었는데 마침 엄마가 만두를 빚었으니 먹으러 오라고 전화를 주었다. 세상에서 가장 좋아하는 음식 중 세 손가락 안에 드는 게 엄마의 손만두다. 맹물에 끓인 만두에 간장, 식초, 고춧가루 넣은 양념장을 솔솔 뿌려 먹으면 앉은 자리에서 스무 개도 먹을 수 있다. 만두를 잔뜩 먹고 배를 두드리며 TV를 보는데 엄마가 이것 좀 보라며 바지 하나를 꺼내왔다.

"살이 쪄서 바지가 하나도 맞지 않아 수선했는데, 이것 좀 봐라. 얼마나 잘 고치셨는지. 정말 이렇게 잘 고치시는 분 처음 봤다니까."

나는 소파에 늘어져 있던 몸을 주섬주섬 일으켜 엄마가 내민 바지를 자세히 보았다.

"바지를 늘리려면 덧댈 천이 필요하잖아. 이분은 바지 속주머니에서 천을 떼다가 여기, 옆구리에 이어 붙이셨어. 정말 대단하지 않니?"

엄마 말대로 신기했다. 바지를 여러 차례 수선 맡겨봤지만 이런 마감은 처음 봤다. 속주머니에서 뗀 천으로 바지를 늘이는 데 쓰고 주머니 부분은 말끔히 박아놓았다. 엄마는 그 수선집에서 바지를 10벌도 넘게 고쳤다며 난데없이 자랑을 했다. (엄마, 자랑할 일인지 곰곰이 생각해보셔야 합니다.) 수십 년 전에 비싸게 사놓고 못 입던 무스탕 재킷도 말끔히 고쳤다면서 보여줬다. 보통 솜씨는 아니었다. 엄마가 하나둘 꺼내오는 옷들을 살펴보는 동안 내 귀에 계속 거슬리는 건 엄마의 존댓말이었다. 옷을 수선해준 사람이 여기 없는데도 극존칭을 쓰며 그 솜씨를 극찬했다. 그게 어쩐지 우스워서 "엄마, 여기 있지도 않는 사람을 뭘 그렇게 존대해?"라고 했더니 엄마는 그런 소리 말라며 그분 연세가 일흔다섯이라고 했다. "일흔다섯?" 나는 깜짝 놀라 재차 물었다. 엄마는 고개를 끄덕이며 말했다. "나이도 나이지만 그분은 존대 받을 만해, 그분은 장인이야 장인!"

다음 날 요새 못 입는 바지 7벌을 큰 쇼핑백에 담아 차에 실었다. 엄마와 '장인'의 수선집에 함께 가기로 했다. 새로 사서 한 번도 못 입은 바지도 껴있었다. 운동 안 하고 먹기만 했더니 배가 나와서 맞는 바지가 드물었다. 시장통에 있는 수선집은 철거를 앞둔 건물 안에 있었고 가게라고 하기도 민망한 곳에 재봉틀과

추위를 막아줄(그러기엔 턱없이 부족한) 발 난로와 산처럼 쌓인 옷들이 전부였다. 재봉틀 앞에 앉아 수선을 하(시)던 '장인'은 우리를 보고 반색했다. "딸도 고칠 옷이 많다고 해서 데려왔어요."

일흔다섯이라고는 보이지 않는 생기에 깜짝 놀랐다. 산처럼 쌓인 일감이 솜씨를 가늠케 했다. 고칠 것들을 쇼핑백에서 하나둘 꺼내며 얼마나 수선해야 하는지 말하려고 했지만 수선 장인은 나와 바지를 번갈아 딱 보더니 내 사이즈도 파악하고 어디어디를 고치면 되는지까지 명쾌하게 결론 내렸다. 극존칭하는 엄마에게 핀잔을 주던 나는 믿음직스러운 그분의 해답에 가슴 앞으로 두 손이라도 모으고 싶은 심정이 됐다. 끝으로 "살 빼서 입으려고 했는데요."라고 말하며 멋쩍게 뒤통수를 벅벅 긁는 내게 엄마는 "살 빼서 입는다는 거 다 뻥이다. 하하하."라며 호탕하게 웃었다. 그분도 덩달아 웃으셨다. 그런 사람 한둘이 아니라는 듯. 엄마는 그날도 바지 3벌을 더 맡겼다.

엄마와 나는 도대체 얼마나 살이 찐 걸까? 다른 건 몰라도 '믿는 구석'을 찾았으니 안 맞는 옷에 몸을 맞추려 살을 빼기보단 있는 옷을 늘려 입을 일이 더 많아질 듯한 불안한 예감이 든다.

✳

그런데 시간이 부족하고 행동에 제약이 생기면서 예전보다 소설에 대해 더 많이 생각하고 쓰고 싶다는 열망이 더 커지는 걸 느낍니다. 내 시간, 나의 감정이라는 것에 대해 더 예민하게 반응하고 치열하게 쪼개어 쓰게 되었어요.

_서유미 《한 몸의 시간》(위즈덤하우스, 2020)

#8

엄마, 오늘 즐거운 하루였어

아이는 벌써 3시간째 한자리에 앉아 레고를 조립하고 있다. 집중력이 없는 편은 아니라지만 7살 아이에게 3시간 정자세는 결코 짧지 않다. 다른 엄마들과 자주 연락하고 지내며 소통하는 스타일이 아니라 대부분 혼자 고민하고 말지만, 요즘에는 정말이지 다른 또래 엄마들에게 묻고 싶다. 아이와 얼마만큼 놀아주느냐고. 요새 나의 최대 육아 고민이다. 물론 종일 나와 같이 있는 건 아니다. 각자 하루 일과를 마치고 집에 돌아오는 5시 이후부터다.

옷을 갈아입은 서하가 "엄마, 나 보는 거 봐도 돼요?"라고 물으면 나는 엄마가 밥하는 동안 그러라고 허락한다. 저녁을 먹고 나면 7시쯤 되는데 이때부터 잠드는 11시까지 다른 또래 아이들은 어떻게 시간을 보낼까. 평일은 그나마 낫다. 문제는 주말, 요즘처럼 코로나19로 자유롭게 외출을 못하는 시국에는 어떻게 아이를 돌보는 걸까?

솔직히 말하면 현재 나는 아이와 거의 놀아주지 않는다. 4살, 5살까지는 장난감 갖고 놀아주기도 하고 책도 가끔 읽어줬는데(난 아이에게 책을 정말 안 읽어준다!) 6살부터는 혼자 알아서 놀게끔 놓아두고 곁에서 지켜볼 때가 잦다. 그도 그럴 것이 혼자 노는 게 안

쓰러워 엄마랑 같이 놀자, 하면 "엄마 나 혼자 잘 놀고 있어."라면서 방해받고 싶지 않다는 듯 씩씩하게 말한다. 나는 속으로 앗싸,라고 외치며 표정관리를 좀 한 뒤 "그럼 재미있게 놀아~."라고 답하고 슬그머니 사라진다.

내가 편하려면 영상을 틀어주면 그만이다. 서하가 어릴 때부터 우리 부부는 영상 보여주는 데 큰 제약을 두지 않았다. 나나 남편이나 어릴 때 혼자 노는 아이였고 부모의 제지 없이 TV를 보고 자랐는데, 요즘은 아이들에게 보여주는 영상이 그때보다 퀄리티 면에서도 훨씬 좋아져서 시간만 잘 관리해주면 된다고 전문가들은 말한다. 나는 가급적 아이와 함께 보는 것으로 죄책감(?)을 덜어낸다. 아이를 혼자 두지 않고 내가 옆에 앉아서 아이가 보는 걸 같이 보며 얘기도 하고 깔깔대며 웃는다. 그러나 가끔은 그 시간이 낭비처럼 느껴져 곁에서 책을 읽거나 가벼운 운동을 한다. 참 다행인 건 서하 스스로 TV를 끄고 그림을 그린다든지 클레이 놀이를 하겠다고 말한다. 최근에는 매일 30분 정도 한글이나 숫자 공부를 시킨다.

어제 남편은 아이를 데리고 백화점에 가 아이가

원하던 레고를 사주었다. 집에 돌아온 아이는 상기된 얼굴로 상자를 뜯어 바로 조립하기 시작했다. 아이패드에 레고 어플리케이션을 깔고 이미지에 표시되는 대로 하나씩 조립하는 방식이 종이 설명서 세대인 내게는 생소했지만 아이는 곧잘 따라 했다. 그렇게 서하가 장난감에 몰입하는 사이 남편은 스마트폰으로 SNS를 하거나 게임을 했고 나는 책을 읽었다. 사방이 조용했다. 각자 행복한 시간을 보냈다. 그리고 생각했다. 부모가 아이에게 장난감을 사주는 건 돈을 주고 자유시간을 사는 거 아닐까? 육아템 하나당 엄마 아빠의 자유시간이 5분씩 늘어난다는 말이 있다. 돈 벌어서 시간을 사는 거나 다름없다.

인스타그램 피드에서 또래 엄마들이 올린 주말 사진을 보자니 우리만 집에 있었던 것 같다. 날이 풀려 다들 캠핑을 간 모양이다. 주말 내내 집에만 있던 서하가 괜히 측은하게 여겨져 코로나 때문에 못 나간다는 건 쉬고 싶은 내 핑계일지도 모른다고 생각했다. 캠핑까진 아니더라도 공원 산책만으로도 충분할지 모르는데. 내 곁에 누운 서하가 이제 자겠다는 의미로 "오늘 참 즐거운 하루였어."라고 말하며 눈을 감는다. 그렇게 말해주는 아이의 이마를 쓰다듬으며 다시 묻고 싶어진다. '정말 즐거웠어?' 신나게 놀아주고 싶은 마음과 무거운 몸이 일심동체하지 못해 미안한 밤, 즐거운 하루였다는 아이의 말이 오히려 위로가 된다.

"응, 난 당사자가 아니잖아. 자기 살고 싶은 대로 사는 걸
구경하는 재미로 부모 노릇 하는 거지, 애 낳아서 내가
나서서 성공시키려는 거면 애를 왜 낳아?
그 정성을 가지고 차라리 내가 직접 성공하거나
코치 같은 직업을 가져서 제자를 기르지."
(중략)
"그럼, 쟤는 나중에 뭐 해먹고 살지?"
"그걸 왜 우리가 걱정해? 본인이 걱정할 때까지
기다려야지. 우리가 먼저 걱정하면 자기가 걱정을
왜 하겠어? 인간은 편하게 살려고 태어난 존재잖아.
스스로 불편해질 때까지 내버려두자."

_박혜윤 《부모는 관객이다》(책소유, 2020)

#9

너의 레고, 너의 인생

서하가 땅이 꺼져라 한숨을 쉰다. "뭐가 잘 안 돼?"라고 물으니 어딘가 잘못된 것 같다며 심각하다. 식탁에서 원고를 쓰며 거실에서 레고를 조립하는 아이를 본다. 자동차 조립을 얼추 끝냈는데 중간 과정에서 실수를 발견한 모양이다. "어떡하지?" "그냥 거기에 만족하는 것도 괜찮지. 꼭 설명서대로 할 필요 있어? 서하 자동차니까 서하가 하고 싶은 대로 해." 아이는 조금 더 고민하는 것 같더니 고개를 끄덕이며 말한다. "조금 더 해볼래."

잘못된 부분부터 다시 해보라거나 도와준다고 하지 않는다. 다만 이런 방법도 있어,라고 말해줄 뿐이다. 서하도 내게 해결을 요구하지 않는다. 엄마는 스스로 하길 응원해주는 사람이지 도와주는 사람이 아니란 걸 알려줬기 때문이다. 설명서를 보고 대신 만들어달라고 하는 법 없이 어떻게든, 망치더라도 스스로 끝낸다. 아이를 키우는 데 엄격하고 까다로운 방침이 있는 게 아니다. 그저 내가 조립을 못하기 때문에 손대지 않았을 뿐이다. (못하지만) 부모니까 억지로 참고 해주지 않는다. 레고 조립은 물론 색종이 접기도 애초에 포기했다. "엄마는 이런 거 못해. 그리고 레고는 직접 조립하는 장난감이야. 대신 만들어주길 원하면 완성된 장난감을 사는 게 나아."

집집마다 아이를 키우는 저마다의 풍이 있다. 굳이 내 스타일을 말하자면 나는 방목하고 관찰하는 엄마다. 박혜윤 작가의 말처럼 아이의 미래를 걱정하지 않기로 한 지 오래다. 오래라고 해봤자 이제 7살이지만. 아주 일찍부터 결정해놓은 방식이기도 하다. 내 나이 마흔셋. 나도 아직 내 미래를 알 수가 없다. 가구디자인을 전공한 내가 지금은 글 써서 돈을 벌고 있다. 한 치 앞도 모를 인생. 백세시대라는데 앞으로 3, 40년을 더 산다고 생각하면 막막하기만 하다. 배우고 싶은 것도 많고 그 누구보다 성장하고 싶다. 뒤늦게 읽고 쓰는 재미를 깨달았기에 하루하루가 설레고 조급하다. 그런데 아이 인생까지? 맙소사, 사양한다. 낳았으니 제대로 키워야 할 것 아니냐고 할지도 모르겠으나 낳아줬으니 알아서 잘 크길 지켜볼 뿐이다. 대화가 통한다 싶을 때쯤부터 아이에게 자주 물었다. 아이의 일상에 뭔가를 앞장서 결정하기보다 어떤 걸 원하는지 물어보고 되도록 그렇게 해줬다. 가령 학원을 결정할 때도 아이가 해보고 싶다고 하면 등록했다. 방문 학습지도 끊고 싶다기에 그럼 스스로 해볼 수 있겠냐고 물으니 도전해보겠다고 했다. 씩씩했다. 재가 커서 뭐가 될까? 무슨 직업을 선택할까? 고민하지 않는다. 서하의 인생이다. 왈가왈부하고 싶지 않다. 내 앞날도 구만 리기 때문에, 아이의 삶까지 책임지고 설계해줄 여력이 없다.

그럼 난 어떤 부모인가? 집에서 글 쓰는 식탁에 앉아있으면 거실에서 노는 아이를 자주 관찰하게 된다. 수시로 노트북에서 고개를 들어 아이의 옆얼굴을 바라본다. 톡 튀어나온 이마와 동그란 콧망울에 잠시 감탄하기도 한다. 엄마가 보고 있다는 걸 모르는 아이가 저도 모르게 흘리는 미소를 냉큼 주워 담기도 한다. 가끔은 몰래 사진으로 남겨 잠들기 전에 다시 본다. 아이의 예쁘고 귀여운 모습만 봐도 하루가 부족하다. 뭘 해주기보다 지켜볼 뿐이다.

최근에는 태권도와 방문 학습지도 중단하고 피아노 학원만 다니고 있다. 끝나면 상가 앞에서 내가 올 때까지 기다리기로 약속했다. 시간에 맞춰 전기자전거를 타고 아이를 데리러 갈 때마다 먼저 나와 커다란 나무를 관찰하고 있는 아이를 본다. 언제 저렇게 컸지? 기특하고 장하다. 횡단보도를 씩씩하게 혼자 건너고 좋아하는 캐릭터를 그리며 행복해하는 모습. 7살 여름날의 서하만 눈에 담는다.

좀 더 해보겠다고 말한 서하가 잠시 후 완성된 자동차를 내 앞에 들이댔다. “틀린 부분부터 다시 시작했어?” “아니, 내가 갖고 있던 레고를 보태서 완성했어. 빼지 않고 더했어.”

가끔 한숨 쉬며 고민하더라도 레고 조립을 자기만의 스타일로 끝까지 혼자 해낸 것처럼 앞으로 인생도 그렇게 스스로 해결하며 살아가길 바란다. 부모가 도와주지 않아도 원하는 방식으로 완성할 수 있는 레고처럼 그건 서하의 레고, 서하의 인생이니까.

그 질문에 먹고 살기 힘들다고 해버리면 앞에 내가 열심히 했던 대답들 - 인간적인 사람들, 재미있는 삶 등이 모두 물거품처럼 사라지는 기분이다. 먹고 사는 게 해결되지 않는다면 그건 만족스럽지도 즐거운 일도 아닌 게 되어버린다.

_이보람 《적게 벌고 행복할 수 있을까 1》(헬로인디북스, 2019)

#10

좋아하는 일하며 돈 벌어요

평일 오후 책방은 대체로 나의 작업실이 된다. 그만큼 손님이 적다. 어쩌다 방문하는 손님도 이런 사람이다.

50대로 보이는 남성이 책방 문을 밀고 들어섰다. 점퍼 주머니에 단단히 두 손을 꽂은 채 책방을 휘 둘러보았다. 나는 자리에서 냉큼 일어나 "어서 오세요." 하고 인사했다. 그는 나를 보는 둥 마는 둥 하더니 "여기는 책을 빌려 가는 거예요? 파는 거예요?"라고 시큰둥하게 물었다. 읽고 가실 수도 있고 판매도 합니다,라고 대답했다. 그는 고개를 두어 번 끄덕였지만 책에는 별 관심이 없어보였다. "아니 그래서, 월세는 어떻게 내는 거예요?" 책을 펼쳐볼 생각도 없다는 듯 주머니에서 빼지 않는 손만 보고도 이런 질문이 나오리라 짐작했다.

월세 어떻게 내냐는 질문을 종종 받는다. 걱정돼서 하는 말 같지는 않다. 진짜 걱정된다면 책 한 권이라도 사겠지. 그의 질문에 시시콜콜 답하기도 귀찮아 그냥 웃어넘기려 했다. 아마도 그가 원하는 대답은 "아이고, 장사가 안돼서 죽겠어요." 같은 말일 것이다. 하지만 나는 책방 운영 외에도 다른 일을 하며 돈을 벌고 있고 월세 내는 데 큰 문제가 없다. 그런 내가 굳이 그 앞에서 힘들다는 말을 할 이유가 없지. 원하는 답을 듣지 못한 그가 질문의 방향을 바꿨다.

"그러니까 사장님은 본인이 좋아하는 거 하면서 돈을 벌겠다는 거네요?"

누가 들어도 못마땅하다는 말투였다.

'왜 좋아하는 거 하면서 돈 벌면 안 되나요?'

조금 황당해서 대꾸하지 않고 가만히 있었다. 빨리 나가줬으면 싶지만 그럴 생각이 없어보이는 그에게 어쩔 수 없이 "이 동네 사세요?"라고 다른 화제를 던졌다.

"네, 여기 뒤 아파트요. 내가 여기 오며가며 쭉 지켜봤어요."

'근데 왜 책은 안 사세요?'

그러시냐며 고개만 끄덕였다. 점퍼 주머니에 찌른 손을 나갈 때 문 여는 용도로만 쓴 그는 책을 한 권도 사지 않고 떨떠름한 표정만 남긴 채 떠났다. 나는 그런 그의 뒤통수에 "또 오세요." 하고 인사했다. 오지 않을 걸 알면서도.

온라인 서점에서 내 책 후기를 잘 안 보는 편인데 우연히 다른 책 사러 들어갔다가 한번 검색해봤다. 가장 최근에 낸 책《자기만의 (책)방》의 후기에는 다른 일 하면서 책방을 유지하는 내가 못마땅하다는 글이 있었다. 후기를 잘 안 보는 이유 중 하나는 책이란 건 작가가 어떻게 썼든 쓰고 난 다음에는 독자가 해석하기 마련이기 때문인데 이 글에는 화가 좀 났다. 내 책방을 유지하기 위해 내가 다른 일을 하는 게 왜 싫은 거지? 책방에서 오지 않는 손님을 망부석처럼 기다리기만 해야 하나? 지금 얼마나 많은 동네서점이 살아남기 위해 발버둥을 치고 있는데.

부글부글 끓는 속을 애써 진정시키려 노트북을 덮고 자리에서 일어났다. 책방 문 앞까지 걸어가 한산한 거리를 좀 내다보고 다시 자리에 앉아 노트북을 열었다. 빈 문서를 열고 원고 작업에 시동을 걸었다. 좋아하는 일을 하며 돈을 벌기 위해서.

✳

옆에서 힘이 되어주는 친구들이 있으니 넌 잘 살고 있는 거야. 언니도 지방대 나왔는데 잘 살고 있어. 부모님 마음에는 안 들지언정 넌 네가 하고 싶은 거 찾아서 하고 있으니 대단한 거야! 언니는 놀기만 했거든. 오늘은 울어도 언젠가는 웃게 될 거니까 너무 울지는 마. 계속 울면 허기져서 잠 못 잔다.

_김경희 《경희 씨, 요즘 어떻게 지내요》(주식회사 김경희, 2018)

#11

월요일을 기다리던 시절

직장생활 황금기라 부를 만큼 회사 다니는 게 신나고 좋았던 때가 있다. 그때는 편집디자이너였다. 작은 격월간 잡지를 맡아 진행하며 디자인도 하고 글도 썼다. 회사에서도 일로써 인정받고 업무 자체도 재미있었지만 무엇보다 직장 동료를 넘어선 '친구'들이 있어 황금기로 기억한다. 이른 아침 일어나는 건 예나 지금이나 힘들지만 회사에 가면 친구들과 커피 마시며 수다 떨 수 있단 생각에 출근길이 설레고 월요일이 기대됐다. 상사가 주는 스트레스도 그 친구들이 곁에 있다면 하나도 겁나지 않았다. 그야말로 든든한 백그라운드였다.

얼마 전 그때 그 직장에서 현재 직원들 상대로 카피라이팅 강연을 해달라는, 당시 내 상사의 전화를 받았다. 뜻밖이었고 무척 뿌듯했다. 요즘은 브랜드 SNS도 중요하고 밖으로 노출되는 글이 곧 브랜딩이기도 해서 카피라이팅이 그 어느 때보다 중요하다. 이곳도 MD, 마케터, 디자이너에게 골고루 글쓰기의 가치를 인식시켜주고 싶다고 했고 기꺼이 수락했다. 강연 당일 너무나 친숙하고 익숙한 혜화동으로 갔다. 단독 사옥까지 지은 걸 보니 뿌듯했고 한편으론 그곳에서 후배들에게 카피에 대해 이야기해줄 수 있어 행복했다.

강연을 잘 마친 뒤 집에 가려는데 익숙한 목소리가 나를 불렀다. 돌아보니 친구 A였다. 내 직장생활 황금기 적 친구 중 한 명. 알고 보니 지금 대표님(예전 나의 상사)이 A를 다시 불러 함께 일해보자고 권유해 며칠 전부터 출근했다고 했다. 너무 반가운 나머지 폴짝폴짝 뛰고 싶은 심정이었다. 친구도 내가 온다는 소식을 듣고 강연을 듣고 싶었지만 부담스러워 할까봐 끝날 때까지 기다렸단다. 너무 기쁜 나머지 맥주라도 한 잔 하고 싶었지만 아이가 하원하기 전에 돌아가야 해 잠깐만 이야길 나누기로 했다.

야외에서 대화하기 좋은 5월이었다. 우린 근처 벤치에 앉았다. 회사 다닐 때 점심을 먹고 자주 산책하던 곳이었다. 나를 포함한 3명이 단짝이었는데 각자 업무는 다 달랐지만 80년생이란 이유만으로 똘똘 뭉쳐 지냈다. 야근이 잦았던 시절 사무실에 남아서 일을 해도 웃느라 시간 가는 줄 모를 때가 많았다. 야근이 고되지 않았다. 일이 끝나면 막걸리에 파전을 먹으러 가거나 맥주에 치킨으로 사무실에서 못다 한 이야기를 나누기도 하고 거나하게 회식한 다음 날이면 출근 전 만나 해장국을 먹기도 했다. 그 전까지 친구는 학창 시절 친구밖에 생각 못했다. 더군다나 내성적이어서 학교 다닐 때도 친구가 별로 없었고 그마저도 졸업 후 뿔뿔이 흩어져 연락하고 지내는 친구가 없었다. 그러니까 회사에서 친구를 사귈 수 있으리라고는 꿈도 못 꿨다. 그런데 직장에서 학교 다닐 때보다 더 돈독한 이들을 만났고 이 둘이 있었기에 고된 업무에 몸은 힘들었을지 몰라도 정신적으로는 그 어느 때보다 충만하게 행복한 시절을 보냈다. A는 지금 직장 환경이 적응하기 힘들다고 했다. 다른 직원들과 나이 차이도 많을뿐더러 대화가 거의 없고 대부분 본인 자리에서 일만 하다가 퇴근하니 때로는 말 한마디도 안 하고 집에 갈 때가 잦단다. 결론은 '나 외로워.'였다. 그래서 우리가 더 그립고 생각난다고. 직장생활 아무리 힘들어도 내 편 한 명만 있으면 견딜 수 있다고 한다. 정말 그렇다. 많이도 필요 없다. 딱 한 명이면 충분하다. 그런 존재가 내겐 둘이나 있었다. 긴 말 안 해도 다 이해되는 사이. 오해가 낄 수 없으며 질투가 웬 말인가. 잘되면 내 일처럼 축하해주는 사이. 그때의 우리 셋. 자영업자가 된 지금, 혼자 일하는 게 편해서 회사생활은 별로 그립지 않은데 그 친구들과 함께 일했던 시절은 가끔씩 생각난다. 직장생활에 추억할 수 있는 시절과 친구들이 존재했다는 것만으로도 감사하다.

✳

다른 사람의 감정을 이해하지 못하고 공감능력이 부족하다. 때로는 다른 사람을 공격하고 무시하는 방법으로 자신의 우월감을 표현하기도 한다.

_레몬심리 《기분이 태도가 되지 않게》(박영란, 갤리온, 2020)

#12

폭설과 폭력

난방이 시원찮은 책방에서 코가 시릴 정도의 추위를 견디며(라고 하니 제법 억지스럽지만) 키보드를 두드리고 있을 때였다. 가끔씩 문자만 주고받아도 어제 만난 것처럼 반가운 친구 A에게 전화가 왔다. "웬일로 전화를 다했어?"라며 호들갑떠는 나와 달리 A는 "통화 괜찮아?"라고 한층 다운된 목소리로 말했다. 분위기가 심상치 않아 고개를 힘차게 끄덕이며 응응,이라고 답했다. A는 얼마 전 남편과의 일을 이야기하기 시작했다. 나는 잠자코 친구의 말을 들으며 내가 당한 것처럼 속상해졌다.

나만큼이나 책을 좋아하는 A와 난 평소에도 서로 읽은 책에 대해 이런저런 이야기를 자주 나눈다. 나와 독서취향이 겹치지 않지만 내가 읽지 못한 책을 A를 통해 접할 때도 적지 않다. 그런 A가 얼마 전 남편과 크게 다퉜단다. 시작은 대부분의 부부싸움이 그렇듯 뭐였는지도 기억나지 않는 사소한 것이었을 텐데, 아무튼 두 사람은 간만에 집이 떠나가라 싸우고 난 뒤 서로의 잘잘못을 말하며 분노를 삭이는 시간을 가졌단다. 다음 날 남편이 출근한 뒤 청소를 마치고 전날 읽던 책을 찾아 침실로 들어갔는데(전날 부부는 따로 잤다.) 아무리 찾아도 책이 없었다. 바로 어제 읽던 책이라 침대 사이드탁자에 둔 게 정확히 기억나는데 아무리 찾아도 없어서 혹시나 하는 마음에 남편에게 전화를 걸어 물었다. 그러자 남편은 지난 밤 싸운 직후 화가 사그라지지 않아 A가 읽던 책을 재활용 쓰레기통에 버렸다고 했다. A의 남편은 A가 뭘 제일 좋아하는지 알고 있었고 그게 책이었으며 책이 눈에 띄자 베란다 쓰레기 분류함에 버린 것이다. 어이가 없고 황당한 통화를 일단 끊은 A는 베란다로 가 재활용 쓰레기 사이에서 버려진 책을 발견했고 2차 충격을 받았다. A가 읽던 두 권의 책은(한 권은 소설, 한 권은 에세이) 쓰레기통에 던져진 게 아니었고 갈기갈기 찢겨 있었다. 남편은 치미는 분노를 억제하지 못하고 아내가 가장 좋아하는 물건을 망가트린 것이다. 아내에게 상처를 주기 위해서.

친구는 그 책이 마치 자신을 대신해 폭력을 당한 것 같아 그 자리에서 엉엉 울었다. 부부싸움 할 때도 눈물을 흘리지 않았는데 원상 복구할 수 없을 만큼 처참히 찢긴 책들을 보는 순간 눈물이 왈칵 터지고 만 것이다. 휴대폰 너머로 그 이야기를 듣고 있자니 마치 내 앞에 찢긴 책들이 피를 흘리고 있는 듯했다. 친구는 남편이 처음으로 소름끼치게 무서웠다고 했다. 생각이 꼬리에 꼬리를 물자 만일 자신이 제일 아끼고 소중히 하는 것이 책이 아니라 강아지나 고양이였다면,으로 이어졌다.

작년과 다르게 이번 겨울은 유난히 눈이 많이 내렸다. 몇 차례의 폭설도 있었던 만큼 세상은 온통 눈으로 뒤덮여 겨울왕국이 따로 없었다. 사람들은 교통대란이나 폭설 피해는 잠시 잊은 채 그저 눈이 왔다는 것만으로 행복해 사진을 찍고 SNS에 눈 풍경을 올렸다. 많은 눈을 주체할 수 없어진 사람들은 눈사람을 만들기 시작했다. 2주 전에도 눈이 참 많이 왔다. 그날 늦은 저녁 연남공원(경의선 숲길) 근처 스튜디오에서 온라인 강연이 있어 지하철을 타고 이동했다. 눈이 온 탓에 서둘러 집을 나섰고 여유롭게 도착해 오랜만에 천천히 혼자 공원을 걸었다. 추운 날씨에 녹지 않은 눈이 그대로 쌓인 공원길 곳곳에는 사람들이 만들어놓은 크고 작은 눈사람이 놓여 있었다. 내가 목적지까지 가는 동안에만 10개 이상의 눈사람을 만났고 나는 그중 일부를 사진 찍어 인스타그램에 올리기도 했다. 혼자 보긴 아까운 눈사람이었다. 산책을 나온 사람들은 그 눈사람 앞에 서서 사진을 찍었다. 정성스럽게 눈사람을 만들어놓고 간 사람들이 그 풍경을 보면 자못 뿌듯할 정도로. 전날 SNS에 가수 이적이 남긴 짤막한 글이 떠올랐다.

A씨는 폭설이 내린 다음날 남자친구와 거리를 걷다가, 길가에 놓인 아담한 눈사람을 사정없이 걷어차며 크게 웃는 남자친구를 보고, 결별을 결심했다. 이유를 구구절절 설명하진 않았다. 저 귀여운 눈사람을 아무렇지 않게 파괴할 수 있다는 게 놀라웠고, 진심으로 즐거워하는 모습이 소름끼쳤으며, 뭐 이런 장난 가지고 그리 심각한 표정을 짓느냐는 듯 이죽거리는 눈빛이 역겨웠다. 눈사람을 파괴할 수 있다면 동물을 학대할 수 있고 마침내 폭력은 자신을 향할 거라는 공포도 입에 담지 않았다. 단지 둘의 사이가 더 깊어지기 전에 큰 눈이 와주었던 게 어쩌면 다행이었단 생각이 들 뿐이었다.

_© 이적 인스타그램

너무 자연스럽게 A의 남편 얼굴이 오버랩됐다. 친구가 엉엉 울며 찢긴 책을 속상해하자 남편은 미안하다고 말은 하면서도 다시 사면 되지 뭘 그렇게 우냐고 말했다. 친구는 내가 돈 때문에 이렇게 우는 것 같으냐고 남편에게 울분을 토했지만 A의 남편은 죽었다 깨어나도 친구가 우는 이유를 알지 못할 것이다.

✳

그러나 이제 광고 회사를 안 다니니 카피 실력은 줄었을 것이다. 글이든 광고든 분야는 달라도 본질은 똑같다. 처음부터 잘하는 사람은 없다. 누구든 잘하고 싶은 사람은 꾸준히 열심히 하는 수밖에 없는 것이다.

_편성준 《부부가 둘 다 놀고 있습니다》(몽스북, 2020)

#13

멀티력을 키우려면

최근에 오디오 강연 녹음을 하며 자기소개를 이렇게 했다. "안녕하세요, 부캐가 많은 이유미입니다." 그렇다. 나에게는 부캐(부 캐릭터)가 몇 개 있다. 카피라이터, 작가, 책방주인, 카페 종업원, 엄마, 아내, 딸. 엄마와 아내, 딸이 부캐에 들어가도 될지는 모르겠으나 일단 넣어봤다. 이 부캐 중에 카페 종업원이 들어간 이유는 책방 옆에 언니가 운영하는 카페를 평일 오전 3시간 정도 내가 맡기 때문이다. 이 때문에 따로 카페 음료 제조 교육도 받았다. 오전에 특별한 일이 없는 한 매일 나간다. 다행히 아침시간에는 카페에 손님이 많지 않고 그나마 아메리카노를 마시는 손님이 대부분이라 힘들지 않다. 사장님께는 조금 죄송한 말이지만 (손님이 없어) 대부분 책 읽는 시간으로 보내고 있다.

부캐를 두루두루 잘 활용하면 그게 바로 멀티플레이어다. 멀티플레이어 되는 게 쉽지 않다는 걸 깨달은 작은 일화가 있다. 카페에 칠판 형식의 입간판이 있는데 나는 카피라이터니까 여기에 사람들이 무릎을 탁 칠만 한 멋진 카피를 쓰고 싶었다. 그게 뭐 그리 어렵겠어,라고 대수롭지 않게 여겼는데 막히고 또 막혔다. 잘하고 싶은데 맘처럼 잘되지 않았다. 회사 관두고 카피 쓸 일이 예전보다 많이 줄긴 했는데 이렇게 감이 떨어졌다고? 어떤 상황에서도 멋진 한 줄을 뽑아낼 수 있다 호언장담한 자신이 창피했다. 그날 아침도 간판의 문구를 바꿔보고자 야심차게 분필을 들었다. 하늘색 분필을 쥔 손에 땀이 배기 시작했다. 안 되겠다. 멋 부리지 말고 무난하게 쓰자,라고 생각을 바꾼 내가 완성한 한 줄 공개.

"오들오들 추운 날씨에 마음까지 따뜻하게 녹이는 커피 한 잔 어떠세요?"

어디선가 본 것 같은 건 기분 탓이고 변명 같겠지만 하늘 아래 새로운 건 없다. 아… 정말 쥐구멍에라도 숨고 싶다. 카피, 열심히 연습하자.

**외출할 때 좋은 옷을 골라서 입는 건 당연하지요.
하지만 아무도 보지 않는 집에서 자신을 위해 멋을 내는 것, 그것만으로도 어깨가 펴지고 기분이 밝아지며 생활이 훨씬 윤택해진 기분이 듭니다.**

_이치다 노리코 《어른이 되어 그만둔 것》(황미숙, 드렁큰에디터, 2020)

#14

날 위한 갖춤

평일은 오후 5시면 책방을 정리하고 퇴근한다. 어린이집과 학원 수업을 마친 아이가 책방에 오면 함께 집으로 들어간다. 책방과 5분 거리의 집에 도착하면 가방을 식탁 의자에 내려놓음과 동시에 아이에게 "옷 벗고 손 씻어."라고 말한다. 아이는 잘 벗겨지지 않는 티셔츠를 낑낑대며 벗고 의젓하게 욕실에 들어가 볼일을 보고 손도 씻고 나온다. 나는 어서 저녁을 차려야 한다는 생각에 싱크대에서 손만 깨끗이 씻고 저녁밥을 짓는다. 어느새 내복 차림의 아이가 내 곁으로 다가와 말한다. "엄마, 또 책방 가야 해?" "아니?" "근데 왜 옷 안 갈아입어?"

집에 있을 땐 세 식구 모두 자연스레 잠옷차림(잠옷 바지에 목 늘어난 반팔 티셔츠)이 되는 편이라 내가 가끔 옷을 갈아입지 않으면 아이가 의아해한다. 그러면 나는 '그럼 옷부터 갈아입어 볼까.' 하고 하던 일을 멈추고 옷 방에 들어가 출근할 때 벗어놓은 옷들로 주섬주섬 갈아입는다. 옷을 갈아입어 몸은 편해졌지만 좀 전에 외출할 때의 마음 자세와 어딘가 달라졌음을 감지한다. 아이마저도 집에선 무조건 편한 차림이어야 한다고 철석같이 믿고 있는 우리 집, 이대로 괜찮을까?

집에 있을 때 옷을 조금 갖춰 입으면 마음가짐이

달라지고 생활이 윤택해지는 기분이 든다는 데 매우 공감한다. 그래서 나도 오래된 습관을 뿌리치고 외출이 없는 주말에도 가급적 씻은 뒤 옷을 바꿔 입으려고 한다. 그러면 아이가 졸졸 따라다니며 "나갈 거야? 왜 이런 옷 입었어?"라고 묻는다. 어디서부터 잘못된 걸까? 처음에는 그 반응이 웃겼는데 제대로 알려주는 게 좋겠다 싶어, "안 나가도 일어나 씻었으면 바로 나가도 괜찮은 옷으로 갈아입는 거야."라고 대꾸한다. 그러면 아이는 뾰로통해져서 "편한 옷이 좋은데."라며 이해 못하겠다는 듯 고개를 갸우뚱한다. 남편과 내가 옷을 갈아입으면 무조건 나간다고 알고 있는 거다. 그러니까 아이는 나가고 싶어서가 아니라 나가기 싫어서다. 집돌이 유전자라는 게 있는 건지, 아무튼 별걸 다 우릴 쏙 빼닮았다.

또래 아이를 키우는 지인은 집에 있을 때도 늘 당장 외출해도 어색하지 않을 차림에 연한 화장을 한다. 더불어 아이도 하원 후 내복차림이 아니다. 처음 한두 번이겠지 했는데 늘 그런다는 걸 알고 난 뒤 그의 부지런한 생활습관이 따라하고 싶을 정도로 좋아보였다. 사실 사들이는 옷의 양에 비해 입는 횟수는 지극히 적다. 뭐 빨래 늘이기 싫다는 핑계도 있겠지만 그럼에도 좀 더 부지런히 움직여 집에 있을 때도 제대로 옷을 갖춰 입고 생활하고 싶다. 더 나아가 무조건 집에 들어오면 내복만 입어야 한다는 아이의 인식과 생활습관도 더 늦기 전에 바꿔줘야겠다. 성인이 되어도 자연스럽게 몸에 밴 생활태도에 따라 살아가길 바라니까.

자기 자신에게 호기심을 가지라.
지난 열두 달 동안 나는 자신을 위한 실험 중이라는 사실을 계속 상기했다. 매번 새로운 시도를 하려 애썼고, 나를 행복하게 만들거나 불행하게 만드는 것이 무엇인지 확인하기 위해 주저 없이 내 행동을 돌이켜 보았다.

_제니퍼 애슈턴 《지금, 인생의 체력을 길러야 할 때》(김지혜, 북라이프, 2020)

#15

저질 체력에 호기심을!

요리부터 다이어트까지 뭐든 책으로 배우는 나는 운동도 본격적인 시작에 앞서 책부터 찾는다. 건강할 땐 건강에 관심이 없었지만 몸 여기저기가 고장 나면서부터는 내 몸이 지금 어떤 상태기에 이 지경이 됐나 싶어 책을 뒤적거린다. 최근에 읽은 《지금, 인생의 체력을 길러야 할 때》는 조금 새로운 계기로 몸에 대한 관심을 끌게 만들었다.

책을 읽기 전 프롤로그를 반드시 읽고 본격 독서에 진입하는 타입인데, 서문이 좋으면 얼른 읽고 싶어지기도 하지만 한편 잘 선택했다는 만족감에 독서가 배로 즐거워지기 때문이다. 《지금, 인생의 체력을 길러야 할 때》는 의사인 저자가 1년 동안 매달 한 가지씩 목표를 정하고 이를 성취한 보고서 같은 에세이다. 예를 들어 1월에는 금주, 2월에는 플랭크와 팔굽혀펴기, 3월에는 명상 같은 식으로 열두 달의 계획이 나와 있고 그에 대한 저자의 이야기와 실제로 적용해볼 수 있는 다양한 방법을 제시하고 있다. 제목의 '인생체력'이란 말에 혹해서 책을 집어들어 프롤로그를 읽다가 이 문장을 발견하고 본문으로 들어가기 전부터 이 책이 아주 좋아졌다.

"자기 자신에게 호기심을 가지라."

자신을 누구보다 잘 안다는 이유로 많은 걸 미리 (해보지도 않고) 포기했다. 무릎이 약하니까 달리기는 안 되고 허리가 아프니까 오래 서있을 수 없고 목과 어깨가 아프니 일정 시간이 지나면 기대앉아야 해서 본격적인 운동을 하긴 버겁고… 체력을 기르겠다고 마음은 먹었지만 지레 겁부터 먹고 뭐든 다 안 하려 했다. 정말이지 이런 핑계 저런 핑계를 대며 손 하나 까딱하지 않으려고 했다. 그러다가 저자의 "자기 자신에게 호기심을 가지라."라는 말에 정신이 번쩍 들었다. 왜 나에게 호기심이 없었을까? 내가 어떻게 달라질지 누가 알겠어? 그건 해보지 않으면 나도 모르는 거 아니야? 허리와 무릎이 약하다 해도 달라지지 않을까? 목과 어깨가 아프다면 하루에 조금씩 꾸준히 운동을 해보면 뭐라도 바뀌지 않겠어? 근데 왜 다 못한다고 안 될 거라고 단념했을까? 내 몸에 호기심이 없었다. 스스로 정한 목표를 꾸준히 한 달 동안 했을 때 달라질 내 모습이 궁금하지 않았다. 하지만 나 자신에게 호기심을 가지라는 말 한마디에 해보고 싶은 욕심이 생겼다. 하긴 내가 나에게 관심이 없는데 누가 나에게 관심을 가져줄까?

2021년 2월 14일 설 연휴의 마지막 날, 마음먹은 몇 가지를 곧장 시작했다. 일단 이 책에서 저자가 2월의 목표로 제시한 플랭크와 팔굽혀펴기. 하루에 2, 3분만 투자하면 된다. 다만 한 달 내내 꾸준히 해야 한다. 그래, 하루에 2, 30분도 아니고 2, 3분인데 해볼 만하겠다! 아침에 일어나자마자 거실에 요가 매트를 깔고 플랭크 자세를 1분 동안 유지했다. 전날 유튜브에서 정확한 플랭크 자세를 찾아본 뒤였다. 몸이 마치 디젤 자동차처럼 덜덜덜 떨렸지만 1분은 넘겼다. 곧장 팔굽혀펴기 시작! 처음에 무리할 필요가 없다는 저자의 말대로 처음에는 무릎을 땅에 대고 20개 했다. 사실 그것도 힘들었다. (내 체력은 어디까지 내려간 걸까?) 그런 다음 미련 없이 요가 매트를 접어 소파 옆에 끼워두고 오후에는 워킹패드에 올라 50분가량 걸었다.

인증샷을 찍어 인스타그램에 올렸다. 뭐든 타인에게 공개할 때 그 효과가 커진다고 하니 나도 그렇게 해볼 참이다. 플랭크와 팔굽혀펴기 그리고 걷기를 매일 했을 때 몸은 과연 어떻게 달라질까? 여태 한 달 동안 하루도 빠지지 않고 해본 적 없어 더욱더 기대가 됐다. 나한테 기대가 되다니! 정말 묘했다.

이 글을 쓰는 지금은 이틀째다. 오늘도 일어나자

마자 플랭크와 팔굽혀펴기를 했고 아침에 요가학원에 다녀왔다. 퇴근 후에는 빼놓지 않고 걷기운동을 할 예정이다. SNS를 넘어 책에까지 공표했으니 진짜 잘 지켜야겠다.

아들은 신나게 텔레비전을 보며 행복을 찾을 때 나는 집안일을 두고 신나게 책을 읽고 책을 쓴다.

_신혜영 《아들! 엄마 좀 나갔다 올게》(유노북스, 2018)

#16

자유시간 비용

일주일에 한 번 학습지 선생님이 방문한다. 국어와 수학 위주로 공부하다가 최근 영어도 끼워 넣었다. 세트로 하면 저렴하다기에. 단 한 번 선생님 방문으로 아이 공부가 제대로 될 리 없다. 선생님이 오시기 전에 미리 학습지의 빈 공간을 채워놓도록 도와야 하는 건 엄마의 몫이다. 이기적으로 들릴지 몰라도 학습지를 시작한 건 아이의 학습 능력 향상도 이유였지만 내 시간을 어떻게든 만들고 싶은 욕망 때문이기도 했다. 선생님이 수업하는 25분가량 나는 자유다. 마음먹고 뭘 하기엔 턱없이 부족한 시간이지만 그냥 방에 누워만 있어도 해방된 것 같다. 4살 무렵부터 학습지를 시작해 지금은 7살이 되었는데, 초반에는 그 자유를 만끽했지만 지금은 그러지 못한다. 선생님이 오시기 전에 숙제를 해놔야 진도 나가는 게 수월한데 '내 할 도리'를 충실히 이행하지 못하기 때문이다. 그럴 때면 내가 이러려고 학습지 시작한 게 아니란 생각에 조금 억울해진다. 매달 지출되는 학습지 비용 10만원이 결코 적은 돈이 아닌데도 나는 본전에는 영 관심이 없다. 그저 내 시간, 내 자유만 찾고 싶을 뿐이다.

지난주에 일이 있어 선생님을 못 뵙고 2주가 지났다. 수업은 목요일이지만 어쩔 수 없이 토요일 오전에

밀린 수업을 받기로 했다. 자의든 타의든 선생님이 '못 오시면' 아이가 아니라 내가 더 신이 난다. 이 기분이 뭐냐면 마치 대학 다닐 때 과제 안 했는데 휴강인 기분이랄까. 어쨌든 밀린 수업 보강을 위해 토요일 오전 11시 30분에 선생님이 방문하기로 했는데 나는 전날 밤 꿈까지 꿀 정도로 선생님의 방문이 부담스러웠다. 일단 아이 방부터 치워놔야 한다. 아무 데나 널린 장난감과 바닥에서 색종이를 오린 채 치우지 않아 여기저기 흩어진 종이 쪼가리들을 그대로 방치해둔 방에서 어떻게 수업을 한단 말인가. (수업이 없을 땐 일주일 내내 치우지 않다가 주말에 몰아서 치운다.)

금요일부터가 주말인 나는 에라 모르겠다, 내일 아침 일찍 치우지 뭐 하고 그냥 잠들었는데 아침에 일어나보니 아이 방은 물론이고 거실과 주방까지 아주 깔끔하게 정리된 게 아닌가! 나는 깜짝 놀라 남편을 불렀다. 남편은 당신 피곤할까봐 내가 다 치웠지,라고 말하며 환하게 웃었다. 이게 꿈이야 생시야! 했는데 꿈이었다. 현실 속 남편은 집을 치우긴커녕 코를 드르렁드르렁 골며 잠에 취해 있었다. 시계를 보니 오전 9시 30분. 더 이상 늑장 부릴 수 없어 자리에서 일어나 방청소를 시작했다. 선생님과 아이가 앉아서 공부할 수 있도록 작은 상을 펼쳐 학습지와 패드를 올려뒀다. 학습지는 지지난주 수업 이후 변함이 없다. 나는 선생님께 솔직히 사죄 드리기로 하고 세수를 했다.

11시 35분쯤 선생님이 도착했다. 반갑게 인사하고 아이 방으로 안내하며 이실직고를 했다. "선생님 죄송해요. 서하 공부 못 시켰어요." 내 공부도 아니고 아이 공부를 못 시킨 건데 이렇게 죄책감을 느껴야 하다니.

안방으로 들어가 문을 살며시 닫고 침대에 기대앉아 책을 펼쳤다. 2주 동안 수업을 못했으니 약 1시간 정도 자유시간이다. 근데 좀처럼 글자가 눈에 들어오지 않는다. 오늘은 이렇게 대충 모면했는데 앞으로는 어떻게 해야 할까? 아이 공부를 엄마인 내가 꾸준히 지속적으로 봐줘야 하는데 그럴 자신이 없고 자꾸 귀찮기만 하다. 다른 엄마들의 교육 정도와 비교하고 싶지도 않다. 확실히 못 미친다는 걸 알기 때문이다. 아이는 학습지 외에 피아노학원과 태권도장에 다니는데 그것 또한 아이의 학습증진과 별개로 내 시간을 벌기 위해 보낸다고 해도 과언이 아니다. 아이 학원비를 보낼 때마다 내 시간에 대한 비용을 치르는 기분이다.

내 시간을 만들기 위해 키즈 채널을 마음껏 보게

하거나 아빠가 사온 슈퍼마리오 게임도 하고 싶다고 하면 가급적 제한하지 않고 하게 해준다. 아이가 혼자 뭘 보거나 게임을 해야 내게도 자유가 주어지기 때문이다. 자유라고 해도 책 읽고 글 쓰는 시간이 주어지는 거다. 가끔 아침에 먼저 일어난 내가 샤워하고 나오면 아이가 그새 잠에서 깨 거실에서 혼자 TV를 보고 있다. 어린이 프로그램을 찾아서 말이다. 처음에는 그 광경이 신기했는데 이제는 조금 걱정이 앞선다. 통제하는 게 맞을 텐데 내 시간을 빼앗기고 싶지 않은 이기적인 엄마는 그 앞에서 주춤거리며 '오늘만이야.'라고 토를 단다.

2년간 작업했는데 겨우 100페이지 줄였어.

_영화 <지니어스>(Genius, 2016)

#17
줄이는 법

영화 〈지니어스〉를 봤다. 당신이 만일 글을 쓰는 데 좀 더 경제적인 문장을 쓰고 싶으면 이 영화를 보면 된다.

✳

**운동장은 이제 반대로 기울고 있다.
내성적인 사람이 외향적인 사람인 척 연기할 이유가
사라졌다. 타고난 성격을 아쉬워해야 할 이유도
사라졌다. 그동안은 "제가 좀 내성적이라서요…" 하면서
미안함과 죄의식을 느끼며 모임에서 빠졌다면, 이제는
외향적인 사람이 "제가 좀 외향적이라서요…"라는
궁색한 변명을 하며 모임을 열어야 한다.
이제 해명은 그들의 몫이 되었다.**

_최인철 《아주 보통의 행복》(21세기북스, 2021)

#18

내성적인 사람의 반격

20대 중반에 지인이 운영하는 회사에 잠시 근무한 적 있다. 그곳에서 총무와 비슷한 업무를 맡아 했는데, 작은 사무실의 자금관리(라고 해봤자 각종 세금을 은행에 납부하는 일)부터 시작해 사무용품이나 간식거리 등을 사두는 것이 주요 업무였다. 큰 역할은 아니지만 막상 없으면 아쉬운 존재랄까. 전공과 아무 관련 없는 그 일을 하기로 결정한 이유는 내성적인 성격도 한몫했다. 말수 없는 내가 어쩌다 미술학원 강사가 되어 너무 많은 말을 반복해서일까? 좋아하는 일이 아니어도 일에 대한 보람 같은 거 못 느껴도 적당히 내 성격대로 지내보고 싶었다. 다만 회사라는 조직 생활을 안 해봐서 직장이야말로 외향성을 필요로 한다는 걸 미처 깨닫지 못하고 출근한 게 화근이었다.

당시 동료 중에 독서가 취미인 사람이 단 한 명도 없었다. 책이라면 넌더리난다는 표정을 짓는 사람도 있었다. 취미가 독서라고 하면 두 눈을 크게 뜨면서 그런 취미가 실제로 존재하느냐는 듯 의아해했다. 말수 적은 나를 신기해하거나 답답해하는 동료도 있었다. 미술학원과 또 다른 조직문화가 나를 서서히 지치게 했다. 외향적인 동료들은 술과 당구를 좋아했다. 당구를 아니 당구장이란 곳조차 가본 적이 없었다. 관심이 없었으니까. 한 달에 한두 번은 반드시 회식을 했는데 회식이 끝나면 모두 당구장에 갔다. 칠 줄 몰라도 따라가야 했다. 나를 제외한 모든 사람이 왁자지껄 즐거워 보였다. 유흥에 관심 없는 나를 은근히 따돌리기도 했다. 그땐 "먼저 들어갈게요."라고도 말 못했다. 내성적인 나는 외향적인 사람들과 물과 기름처럼 섞이지 못하고 주변을 둥둥 배회했다. 당구를 못 친다는 걸, 이런 스포츠보다 독서를 좋아하는 사람이란 걸 직원들도 모르지 않았는데 존중해주기는커녕 어울리지 못하는 나를 못마땅해했다. 섞이려면 술 잘 마시는 척 잘 노는 척 활발한 척해야 했다. 그런 상황이 반복되자 나중에는 사람들과 어울리지 못하는 내 자신이 미워지기 시작했다. 얼른 집에 가서 책을 펼치고 싶었다. 혼자만의 시간으로 충전해야 다음 날 출근할 수 있는데, 회사에서 내성적인 성격은 무시되기 일쑤였다.

코로나 시국이라 재택근무가 늘고 있다. 일부 기업은 코로나 장기화를 대비하며 시스템 자체를 회사에 출근하지 않아도 되도록, 원하는 장소에서 일할 수 있도록 바꾸고 있다. 요즘 이렇게 달라지는 근무 환경을 보며 오래전 그때의 내가 떠올랐다. 긴 시간은 아니었지만 회사 가기 참 싫었는데. 만일 지금 같은 직장에서 근무하는 20대 이유미라면 재택 근무하는 거 참 좋아했겠다,라고. "운동장은 반대로 기울고 있다."는 내용이 담긴 최인철 작가의 《아주 보통의 행복》을 읽으며 비대면 시대가 곧 내성적인 사람들의 시대가 아닐까? 생각했다. 내 지인도 성격이 엄청나게 외향적인데 코로나19로 꼼짝 못하게 되어 자주 우울감에 시달린다. 여행을 좋아하고 북적이는 분위기에 사람 좋아하는 그는 이 현실이 감옥처럼 답답하기만 하다. 일의 능률까지 떨어진다. 반면 나처럼 내성적인 사람은 지금이야말로 살 맛 난다. 불필요한 만남을 줄여서 좋고 억지로 식사자리나 술 모임에 나가지 않아도 된다. 사소한 만남이 오히려 민폐가 됐다. 조용한 공간에서 혼자 일하는 게 아무렇지 않은 사람들. 일의 능률이 오르는 내성적인 사람들. 최인철 작가의 말대로 이제 그들의 시대가 오는지도 모르겠다. 대면이 부담스러운 시대가 되었으니 끼고 싶지 않은 자리에 나가지 않으려 궁색한 변명을 궁리하지 않아도 된다. 그렇다고 코로나 시국이 장기화되길 바라는 건 아니지만 이렇게 일해도 지장 없는 사람들이 있다는 걸, 사람을 만나지 않아도 외로움을 타지 않는 사람도 존재한다는 걸, 그들의 성향을 이상하게 생각할 게 아니라 존중해주어야 한다는 걸 말하고 싶다.

일꾼 23에게 전화해 상황을 설명했다.
조금 기다려보라더니 잠시 후 긴 카톡이 왔다.
카톡에는 영상, 사진을 맡아줄 수 있는 담당자들의 작업물과 '일하는 속도는 느리지만 완벽' '꼼꼼해서 두 번 작업하는 일이 없음' 같은 코멘트가 적혀 있었다.
그리고 다시 전화가 걸려 왔다.
"내가 두 번 세 번 함께 일해본 사람들이라서 믿고 작업해도 좋을 거야."

_강지연×이지현 《일꾼의 말》(시공사, 2020)

#19
맡길 줄 아는 사람

산타도 마스크를 써야 한다는 '크리마스크'라는 웃지 못할 신조어까지 나온 2020년의 크리스마스. 모두 모여 파티는 못해도 조카들에게 줄 선물은 사야 했다. 고등학교 2학년인 여자 조카에게는 편하게 입을 수 있는 맨투맨 티셔츠를, 초등학교 5학년 남자 조카에게는 운동화를 사주기로 했다.

"언니, ○○이 발 사이즈가 몇이야?"

"250cm인데 발볼이 엄청 넓어."

"그럼 운동화 파는 데 가서 발볼 넓은 거 달라고 해야겠네."

"응. 나이키 말고 아디다스에 가."

브랜드를 콕 집어서 이야기하는 게 이상해서 그 이유를 물었다.

"여름에 흰색 운동화를 사려고 나이키에 갔더니 나이키 직원이 자기네 신발은 대부분 발볼이 좁은 형태라고 아디다스로 가라고 하더라고."

"정말? 나이키 직원이 아디다스로 가라고 했다고?"

"응. 그렇다니까."

언니의 말을 듣고 그 나이키 직원의 프로페셔널함

에 적잖이 감동했다. 직접 만나보진 못했지만 분명 일 잘하는 사람일 것이다. 일 잘하는 사람들은 자기보다 더 잘하는 사람에게 일을 넘길 줄 안다. 즉 내가 최고라 하기 전에 최고를 알아보고 추천해준다. 자신이 해내야 완벽할 거라는 집착을 벗어나 더 알맞은 상대를 찾아주는 것 또한 능력이다. 그렇게 딱 맞는 연결에서 진정한 프로의 모습이 엿보인다.

✳

그렇게 된 게 씁쓸하다기보다 누구나 다 얼떨떨하고 어색한 상태로 인생의 새로운 구간에 도착하고 낯선 역할을 맡아 수행하는 거라고, 경주는 자신이 달라졌고 자신의 어떤 부분은 돌이킬 수 없다는 걸 받아들이게 되었다.

_서유미 《우리가 잃어버린 것》(현대문학, 2020)

#20

내 삶의 새로운 구간

주양육자가 아닌 사람들에게도 자신이 잠깐 돌보았던 아이를 떠올리는 구간이 있는 걸까. 요즘 친정엄마와 언니는 부쩍 자신의 휴대폰에 저장된 서하의 사진을 내게 보낸다. 둘이 동시에 아들의 아기 때 사진을 보내니 나로선 적잖이 당황스럽다. 엄마와 언니는 내가 회사에 다닐 때 일주일에 서너 번 번갈아가며 아이를 돌봐주었다. 처음 어린이집에 보내야 했을 때는 아예 친정 엄마가 사는 빌라 1층에 있는 가정 어린이집에 보내기도 했다. 엄마가 컨디션이 안 좋거나 볼일이 생겼을 때는 언니가 대신 아이를 데려가 내가 퇴근할 때까지 돌봐주었다.

어제는 친정엄마가 거실 서랍장을 붙잡고 이제 막 일어서려는 아이의 사진을 내게 공유했고 언니는 아이가 뭐 때문인지 깔깔깔 웃는 동영상을 내게 전송하며 '너무 귀여워, 언제 이렇게 컸지?'라는 메시지를 보냈다. 동영상에 얼핏 보이는 나는 짧은 커트머리에 펑퍼짐한 바지, 커다란 티셔츠를 입은 모습이다. 살이 빠지지 않아 얼굴은 두툼했다. 육아휴직 막바지였던 것 같다. 넘어지려는 아이를 재빨리 일으켜 세우고 카메라 렌즈 밖으로 빠지는 내 모습은 0.2초 정도, 아주 찰나에 등장하고 사라졌지만 나는 영상 속 아이보다 그때의 나에게 더 마음이 갔다.

24시간 온 신경이 아이에게 집중해 있던 시절의 나. 배운 적 없던 육아를 나름대로 해내던 시절. 말 그대로 "얼떨떨하고 어색한 상태로 인생의 새로운 구간에 도착하고 낯선 역할을 맡아 수행"하던 때였다. 완벽하게 해내기보단 못해도 어쩔 수 없다는 생각을 갖고 하루하루를 보내던 때. '엄마도 엄마가 처음'인데 뭘 바라니,라며 혼자 중얼거리곤 하던 시절. 그때는 그 시기를 재빨리 건너뛰고 싶은 것이 아니라 조금만 속력을 내어 그 구간을 지나고 싶었다.

아이가 말을 조금씩 알아듣기 시작할 무렵 이것만은 절대로 양보할 수 없다는 듯 말했다. "엄마가 제일 사랑하는 건 서하고 엄마가 제일 좋아하는 건 책이야." 어릴 때부터 주입식 교육(?)을 해서인지 지금은 내가 굳이 말하지 않아도 "엄마가 좋아하는 건 책!"이라고 먼저 답한다. "엄마는 책이 왜 좋아?"라고 질문하는 아이에게 "왜 안 좋아?"라고 알 수 없는 답을 하는 나. 우리는 어색하고 얼떨떨해도 무탈하게 이 시기를 지나고 있다.

✳

그다음 조건은 좋은 의자보다 더 중요하다.
깊고 깊은 내장 속까지 복수심, 배신감, 허무 따위의
복잡한 감정들이 꽉 들어차야 한다는 것이다.
만성 정맥 기능 부전 현상처럼 혈관 여기저기가
커다란 슬픔으로 꽉 막혀 있는 것도 도움이 된다.

_강영숙 《라이팅 클럽》(민음사, 2020)

#21

소설을 써야겠다, 이걸로!

늦은 밤 집에 돌아왔는데 우편함에 웬 쪽지가 붙어있다. 집에 사람이 없어서 등기우편물을 전하지 못했으니 다음 날 다시 방문하겠다는 집배원의 메모였다. 다음 날도 외출해야 해 쪽지에 있는 집배원의 휴대폰 번호로 내일은 우편함에 넣어달라는 문자 메시지를 남겼다. 다음 날 봉투를 뜯어보니 시청에서 날아온 벌금고지서였다. 안에는 우리 차 번호판이 찍힌 사진과 함께 장애인 주차구역 불법주차에 관한 벌금 10만원이 내용의 전부였다. 사진 찍힌 장소는 우리 빌라 주차장. 두 동짜리 빌라에는 장애인 주차 구역이 딱 한군데 있고 여기 7년 넘게 살아온 결과 가동과 나동에는 장애인 딱지를 붙인 차가 한 대도 없다. 그곳은 늘 비어있었고 나는 늦은 귀가로 주차할 공간이 없어 딱 한 번 차를 댔다. 물론 장애인 주차구역 외에 차 댈 데가 없으니 골목에 주차를 해야 했지만 아이가 뒷좌석에서 잠들었기 때문에 비어있는 한 곳, 장애인 주차공간을 이용할 수밖에 없었다. 자정이 넘은 시간이라 차가 더 들어올 것 같지 않았다. 뭐 물론 백번 내가 잘못했지만 사진 속 희미하게 찍힌 사람(우리 차 번호판을 찍은 사람) 그림자를 보는 순간 온몸에 소름이 돋았다. 누구일까? 신고한 사람은.

내 머릿속으로 우리 빌라에 사는 주민들이 하나둘 스쳐 지나갔다. 201호? 303호? 401호? 누구지! 스마트폰 검색으로 장애인 주차구역 불법주차 신고 시 포상금 여부에 대해 찾아봤다. 포상금 없음. 그럼 그냥 골탕 먹어봐라 그런 걸까? 차에 연락처도 있는데, 같은 빌라에 살면서 신고하기 전에 차 빼라고 경고해줄 수도 있는 것 아니야? 부아가 났다. 남편에게 알렸다. 그도 씩씩거렸다. 사실 얼마 전부터 빌라 주차장에 차가 늘었다. 차가 두 대인 집이 생긴 것이다. 그러니 조금만 늦어도 주차할 자리가 없다. 아이가 있는 집은 짐도 많아서 문을 활짝 열 수 있도록 여유 있는 주차공간이 필요하다. 나는 내 잘못을 뒤로한 채 그곳에 주차할 수밖에 없었던 이유를 헤아리기 시작했다.

그러면서 한쪽으로는 계속 이 생각이 머릿속을 떠나지 않았다. "소설을 써야겠다, 이걸로." 너무 좋은 소재잖아! 내가 좋아하는 일상 스릴러를 쓸 수 있겠어! 신고자가 누구일까를 추리하는 것과 동시에 얼굴을 알고 지내는 몇몇 사람들이 캐릭터로 그려지기 시작했다. 나는 달력에 벌금 납부일을 체크하며 바로 옆에 '주차장 소설 마감'이라고 썼다.

그날 밤, 자려고 누웠는데 카톡 메시지가 울렸다. 아래층에 사는 친한 동생이었다. 내가 인스타그램에 다소 억울하다는 내용의 게시물을 올린 걸 보고 연락한 거였다. 침대 위에서 베개를 등에 대고 비스듬히 기대 있던 나는 그녀의 카톡 메시지를 읽고 자세를 바로 고쳤다.

"언니, 저 그 사람 누구인지 알 것 같아요. 바로…"

나는 생각했다. 아프더라도 우리 슬픔, 건드리는 편이 낫다고. 생각날 때마다 서랍을 열어 꺼내 쓰는 무언가처럼 자주 열었다 닫았다 확인하고 꺼내 써야 하는 마음이라고.
슬픔이 필요한 순간이 있다. 나와 내 곁에 사람들이 선명하게 살아있다는 사실을 깨닫기 위하여. 매일 새로운 아침을 맞이하는 일이 얼마나 고마운 것인지 잊지 않기 위하여.

_고수리 《우리는 이렇게 사랑하고야 만다》(수오서재, 2019)

#22

슬픔, 가끔 꺼내도 괜찮아

아이와 남편 없는 2박 3일 부산여행. 관광지 구경도 하지 않고 호텔 방에서 뒹굴거리며 책 읽고 먹고 자고, 평소 잘 누리지 못하는 호사의 시간이었다. 여행 마지막 날 밤, 자려고 누웠는데 남편에게 영상통화가 걸려왔다. 남편이 비춘 화면 속 서하가 이불을 뒤집어 쓰고 얼굴만 빼꼼히 내민 채 훌쩍이고 있었다. 퉁퉁 부은 눈이 촉촉했다. 남편도 달래보다가 어쩌지 못해 전화한 모양이었다. 전날은 씩씩하게 잘 잤다고 하더니 이틀은 무리였나.

서하를 재우는 건 아주 아기였을 때부터 내 몫이었다. 우리 둘은 침대에 누워 그날 있었던 이런저런 이야기를 하다가 잠들곤 했다. 그때마다 나는 아이의 손을 꼬옥 잡거나 발을 어루만졌다. 이틀이나 제 곁을 떠난 엄마의 부재가 결국 아이를 슬프게 했나 보다. 평소 재워준 적 없는 아빠가 하루아침에 아이의 마음에 들리 없다. 잘 자라고 말하고 좀처럼 잠들지 않으면 얼른 자라고 잔소리를 하고 핑계 삼아 물 달라고 하면 귀찮아도 이불 밖으로 나와 물 한 컵 가져다주던 엄마가 없어서 아이는 슬픈가 보다.

다음 날이면 끝날 자유시간이 아쉬우면서도 "엄

마 빨리 와." 하며 우는 화면 속 아이 얼굴을 보자니 얼른 품에 안고 도닥여주고 싶다. 꼭 끌어안고 사랑해, 보고 싶었어,라고 말해주고 싶다. 내일이면 다시 일상으로 돌아가 언제 그랬냐는 듯이 투닥거릴지도 모르지만 서로의 빈자리를 절실히 깨닫는 이때가 우리에게 '슬픔이 필요한 순간' 아닐까. 슬픔이 꼭 나쁜 건 아니다. 빈자리가 슬플수록 서로 더 애틋해진다. 아무 생각 없이 지내다가 서로의 감정이 시들해졌다고 느낄 때 오래 전 슬픔을 떠올리면 눈앞에 있는 사람이 더 사랑스러워질지 모른다. 엄마의 여행을 슬퍼한 만큼 아이는 조금 더 성장했을 것 같다. 먼 훗날 서하도 삶에는 "슬픔이 필요한 순간"이 있다는 걸 자연스럽게 알게 되면 좋겠다.

PART 2.

질투도 투명하게

엄마도 한때는 이별이 구원할 길 없는 결말이라고만
생각했어. 하지만 지금은 그렇게 생각하지 않아.
내가 알게 된 많은 것들은 항상 '이별'이 알려주었다고
생각해. (중략)
살다 보면 알게 돼. 지금 내가 가진 모든 것은 바로
그 잃어버린 것들 덕분에 얻은 것이란 걸.

_임경선 《가만히 부르는 이름》(한겨레출판, 2020)

#23

이별의 장단점

마른하늘에 날벼락 같은 이별. 단 한 번도 헤어져 보지 않은 건 아닌데 그 이별은 유독 힘들었다. 지금 생각해보면 참 징글징글하게도 못 잊었다. 사람은 사람으로 잊는 수밖에 없다는 친구들의 말에 소개팅을 하며 더 좋은 사람을 만나보려 했지만 한동안은 그것조차 버거웠다. 소개팅에 나갔다 들어온 어느 날, 자포자기 심정으로 침대에 누워 천장을 바라봤다. 그리고 무언가에 얻어맞듯이 '더 나은 사람이 되고 싶다.'라고 생각했다. 나 싫다고 떠나버린 남자가 뭐 그리 대단하다고 이렇게 내 구석구석에 영향을 끼치게 내버려뒀을까? 갑자기 없던 기운이 솟았다. 당시의 난 이전에 하던 일과 완전히 다른 일을 준비했고 재취업을 위해 포트폴리오를 더 열심히 만들었다. 수요일 단 하루 홍대에 위치한 포트폴리오 학원에 가는 것 외에 방 밖으로 나가지도 않았다. 밤을 새서 작업하며 헤어진 구 애인을 향해 중얼거렸다. 너보다 더 멋진 사람이 되겠다고. 이별 영화나 드라마 보면 차인 사람이 어느 순간 찬 사람보다 더 잘 나가게 되어 헤어진 상대방이 다시 연락하거나 그런 거 있지 않나. 100퍼센트 그 이유 때문이라고 할 수는 없으나 어느 정도 드라마틱한 재회를 꿈꿨는지도 모르겠다.

시작은 그랬을지언정 나는 기대보다 더 괜찮은 사람이 되어갔고 여기저기서 능력을 인정받았다. 무엇보다 내가 하는 일을 재밌어했고 좋아했다. 괜찮은 사람이 되고 난 다음 헤어진 그 남자에게 다시 연락이 온 건 아니었지만 그보다 훨씬 더 나은 지금의 남편을 만나 결혼까지 하게 됐으니 해피엔딩이다. 연애할 때 남편은 종종 내가 하는 일에 자부심을 갖고 잘 해 나가는 모습이 멋져보인다고 말했다. 정작 나은 사람이 되었더니 그놈(?)은 생각나지도 않았다. 한 남자에게 대차게 차인 뒤 세상을 다 잃은 것처럼 살기도 했지만 다행히(!) '그를 잃어서' 지금의 내가 만족하는 삶을 살게 된 것 같다.

사실 가끔씩 그와 헤어지지 않았다면 이렇게 스스로 만족하는 삶을 살지는 못했을 거라고 생각한다. 그와 함께 있을 때 늘 뒤처져 있는 나를 발견하곤 했으니까. 나보다 좋은 대학을 나오고 좋은 환경을 가진 그에게 항상 위축됐다. 남편과 결혼을 결심하게 된 동기 중 하나는 이 사람은 나를 늘 더 나은 사람이 되고 싶게 만들어줬다는 거였다. 남편은 나에게 칭찬을 아끼지 않았다. 그건 지금도 여전하다. 나에게 늘 "훌륭하십니다."라고 말한다. 비아냥이 아니다. 그런 응원을 들으면 나는 정말 훌륭한 사람이 된 것 같은 기분에 휩싸이고 더 잘하고 싶어진다. 보석인 줄 알았던 돌멩이를 잃고 난 뒤 더 귀한 보석을 만난 셈이다. 이별이 그리 나쁜 것만은 아닌 건 확실하다. 오래 전 이별을 힘들어할 때 어딘가에서 들었던 이 말이 잊히지 않는다.

"널 그렇게 힘들게 한 사람이 네 인생에서 최고의 남자일 리 없어. 잊지 마. 넌 더 좋은 사람을 만나게 돼 있어."

그렇지만 목욕탕에서 목욕관리사님에게 몸을 맡겨본 사람은 안다. 그분의 손이 닿으면 반복되는 일상에 찌든 몸이 다시 태어난 것처럼 보드라워진다.
그 마법을 경험한 사람은 목욕탕에 갈 때 주머니에 반드시 현금 2만원을 따로 챙겨 넣는다.

_정혜덕 《아무튼, 목욕탕》(위고, 2020)

#24

그 손길이 그립다

코로나19 때문에 갈 수 없는 곳이 한두 군데가 아니지만 목욕탕만큼 아쉬운 곳도 없다. 사실 코로나 시국에도 두어 번 목욕탕을 갔다. 가지 않고는 도저히 버틸 수 없었기 때문이다. 집에서 욕조에 뜨거운 물을 받아 때를 불려 목욕을 해봤지만 어디 대중목욕탕에 비할 바 되겠는가. 그저 때 좀 밀었네, 하는 흉내만 냈을 뿐이다. 나에게 목욕탕에 가야 하는 이유는 단연 '목욕관리사님' 때문이다. 원래는 세신사님이나 여사님이라는 호칭을 사용했는데 정혜덕 작가의 《아무튼, 목욕탕》을 읽고서 '목욕관리사님'이라 부르기로 했다.

예전에는 2주 간격으로 갔다. 마음 같아서는 일주일에 한 번씩 가고 싶지만 갈 때마다 드는 세신 비용을 무시할 수 없다. 어쨌거나 단골 목욕관리사님이 나를 '때순이'라 부를 만큼 나는 때가 많다. 피부가 건조한 사람이 때가 많다고 하는데 나는 악건성이라 바디로션을 아무리 듬뿍 발라도 얼마 못 가 꺼칠꺼칠해진다. 목욕탕에 가야 할 시기는 발뒤꿈치를 만져보고 가늠한다. 이불이나 패브릭 소파에 거칠어진 발뒤꿈치가 닿는 느낌이 나빠질 때면 목욕탕에 가야 할 때가 된 것이다. 물론 샤워하면서 수시로 발뒤꿈치를 밀어보지만 목욕탕 가서 한참 뜨거운 물에 불려 빡빡 밀고 올 때만큼의 말갛고 뽀얀 뒤꿈치를 볼 수는 없다. 매끌매끌해진 발뒤꿈치를 만나고 싶어서 목욕탕에 간다고 해도 과언이 아니다. 예전에 어느 프로그램에서 개그맨 윤정수가 자신은 각질이 심해 발뒤꿈치로 이불을 들 수 있다는 말에 박장대소했다. 어떻게 저런 표현을! 배꼽 잡고 깔깔대는 나를 남편은 (이해할 수 없으니까) 이상한 눈빛으로 바라봤다. 그러거나 말거나 너무 웃겼다. 나도 그랬으니까.

《아무튼, 목욕탕》을 쓴 정혜덕 작가처럼 나 또한 목욕탕에 갈 때면 현금 2만원을 따로 챙긴다. 요즘은 대부분 신용카드를 쓰기 때문에 평소 지갑에는 현금이 없는데 목욕탕 가기 전 반드시 현금지급기에 들러 돈을 찾는 수고를 치른다. 최근에 2천원 올라서 우리 동네 세신비(샴푸 없이 때만 미는 비용)는 2만 2천원이다. 스르르 잠이 올 정도로 아프지 않게 때를 밀면서도 샤워 후 '잔여 때'가 남지 않게 전문적인 포스로 때를 밀어주시는 목욕관리사님의 스킬이라 이만한 돈은 아깝지 않다.

정혜덕 작가의 말처럼 때를 밀고 나면 "일상의 찌든 몸이 다시 태어난 것처럼 보드라워진다." 실제로 목욕 후에는 뭐든 할 수 있을 것처럼 에너지가 넘친다. 깨끗한 몸은 우리 일상에 적지 않은 영향을 미친다. 별

일 없어도 씻고 있는 게 낫다. 그래야 갑자기 약속이 생겨도 바로 나갈 수 있다. 아무튼 일단 씻고 몸이 깨끗한 상태여야 어떤 상황에도 빠르게 대처할 수 있다. 씻지 않고 있으면 만사 귀찮지 않던가? 어쨌거나 어서 빨리 목욕탕을 마음껏 갈 수 있는 때가 왔으면 좋겠다. 목욕관리사님의 손길이 너무나 그립다.

✳

서거나 앉는 자세의 문제라기보다는
한 자세로 오래 있는 것이 문제다.
건강을 위해서는, 50분 서있다가 10분은 앉는 게 좋고
네 시간 넘게 계속 서있는 것은 좋지 않다.

_박은지 《여자는 체력》(메멘토, 2019)

#25

타인의 고통

2020년 9월, 15주간 진행되는 글쓰기 수업을 등록했다. 그동안 오프라인으로만 진행했던 수업인데 코로나19라 최초로 온라인 수업으로 진행한다기에 냉큼 수업료를 송금했다. 아이가 있어 외출이 자유롭지 못하고 경기도 외곽에 사는 나로선 더할 나위 없이 좋은 기회였다. 매주 정해진 주제로 글을 써서 수업마다 5명의 학인이 돌아가며 발표하고 나머지 학인들은 합평하는 방식이다. 합평을 두려워하지만 도전해보고 싶었다. 수업 11회 차 주제는 '몸에 대하여'였다. 나이 듦, 아픈 몸, 다이어트 등에 대해 자신의 이야기를 쓰는 거였다. 나는 가장 최근에 출간한 에세이를 퇴고하는 과정에서 겪게 된 목과 어깨 통증에 대해 썼다. 막판 퇴고를 하며 한 자세로 3시간 이상을 꼬박 앉아있던 일. 원고지 15매 분량을 멈춤 없이 단숨에 썼던 때의 일. 그때 겪은 고통이 아직 내 몸에 남아있었다. 언젠가 꼭 이 통증에 대해 글로 쓸 거라고 벼른 사람 같았다. 15년 이상 직장생활을 하며 차근차근 쌓아온 목과 어깨의 통증이 퇴고하던 그날 터진 거나 다름없었다. 그날 밤부터 목을 제대로 돌릴 수 없고 9개월이 지난 지금도 여전히 왼쪽 팔이 저리고 목과 어깨 부위는 늘 뻣뻣하다. 아직도 생생한 그때의 통증과 그날 이후 변해버린 일상을 적었다.

그걸 (줌으로) 학인들 앞에서 낭독했고 이어 내 글의 합평 순서가 됐다. 한 학인이 손을 들어 할 말이 있다며 입술을 떼는데 이내 조금 울먹이기 시작했다. 순간 당황한 나는 영문을 모른 채 화면 속 얼굴을 주시했다. 그는 내 글이 몸에게 쓰는 편지인 것처럼 읽혔고 좋아하는 일을 하지 못할 정도로 아픈 경험에 대해 공감하다 슬퍼졌다고 했다. 오프라인 수업이었다면 그가 내 손을 따스하게 잡아줬을지도 모르겠다.

누군가의 고통에 함께 아파하며 눈물을 흘리기란 결코 쉽지 않다. 슬픈 심정으로 쓴 글이 아님에도 그에게 내 글이 서글프게 닿았다는 것에, 이전에는 생각지 못한 마음이 쓰였다. 나는 누군가의 아픔에 그 학인처럼 울먹인 적이 있었나? 자식이 아픈 것은 어미라는 본능이 섞인 문제이니 어쩔 수 없다 치더라도 한 번도 만난 적 없는 남인데. 수업이 끝난 뒤에도 그의 표정이 머릿속에서 지워지지 않았다.

목과 어깨가 너무 아프다고 하니 나와 살 비비고 사는 사람조차 단순히 "담 온 거 아니야?"라며 가볍게 넘기는데. 불현듯 경직된 몸을 이러지도 저러지도 못하며 고통스러워하던 내가 떠올랐다. 아파서 외로운 적은 처음이었는데 그 학인이 그때의 내 어깨를 따뜻한 손으로 쓰다듬어준 듯했다.

그 후로 새로운 말이 들리면 일단 다 받아적기 시작했다.
일종의 받아쓰기. 받아적기 전에는 그 말들이
바로 내 몸에 들어와 말릴 틈도 없이 기분이 되었는데,
받아적고 나니까 다른 사람의 말 한마디 한마디가
내 생활의 글감이 되었다.

_태재 《책방이 싫어질 때》(롤업프레스, 2020)

#26

긴장 풀면 다 에피소드

책방을 하면 책을 쓸 수 있다. 무슨 소리인가 싶겠지만 한마디로 책을 쓸 정도로 손님이 없어 한가하다는 뜻이다. 나의 생각인 동시에 오래 전 어느 잡지에서 읽은 내용이기도 하다. 그러고 보니 《책방이 싫어질 때》의 태재 작가의 이야기이기도 하다. 책방 직원인 그는 책방에서 벌어지는 크고 작은 일들을 글감 삼아 책으로 엮었다. 나 또한 '밑줄서점'을 준비하는 과정과 오픈 후의 에피소드를 '공간'이라는 주제로 묶어 책을 쓰기도 했다. 애초에 책방을 작업실 겸 서점으로 시작한 것이기에 책방의 소소한 일들을 글로 쓰는 게 무척 자연스럽다. 일일이 다 기억할 수 없으니 태재 작가처럼 매사 적어놓는 건 일상이다. 손닿을 거리에 수첩이 있다면 펜으로 적고 그렇지 못하면 일단 휴대폰 메모장에 간략하게, 나만 기억할 수 있도록 써둔다. 손님이 활발히 오가는 책방이 아니다 보니 버라이어티한 글감은 없지만 소소한 이야기라면 술술 풀 수 있다.

글감 하나를 풀겠다. 책방을 열고 일주일쯤 지났을 때 두 남자가 책방으로 들어섰다. 백발이 성성한 노인은 몸이 불편한지 휠체어를 타고 있었고 그 휠체어를 미는 남자는 아들로 보였다. 그 또한 어딘가 모를 정신적 장애를 갖고 있는 것처럼 보였다. 휠체어에 탄

할아버지는 대뜸 나에게 자신이 이 가게 자리에서 철학관을 운영하고 싶었다면서 월세가 얼마인지를 물었다. 그러면서 한번 둘러봐도 되겠냐기에 그러시라고 했고, 내 책상 자리까지 두리번거렸다. 기분이 좋진 않았다. 손님이기에 싫은 내색은 안 했다. 그때 아들로 보이는 남자는 갑자기 물을 달라고 했다. 손님을 위해 준비해놓은 물이 없다고 하자 수돗물을 종이컵에 받아 벌컥벌컥 들이켰다. 막을 새도 없이 두 번을 원샷 했다. 막무가내였다. 세면대는 책방 가장 안쪽에 있어 내 사적인 영역까지 침범당하는 것 같았고 그때부터는 기분이 나쁘다기보다 무서웠다. 나 혼자 무방비로 이들을 상대하는 게 겁났다. 잔뜩 긴장한 채 땀을 삐질삐질 흘리고 있는데 볼일을 다 마친 그들이 가게를 나섰다. 두 사람이 나간 뒤 한숨을 몰아쉬며 여자 혼자 가게를 지켜야 한다는 것에 대해 미처 깨닫지 못한 걱정이 생겨났다. 상대방이 아무런 악의가 없었더라도 그 상황은 공포였다.

1년 남짓 시간이 흘렀다. 겨울이 다시 시작되려는 어느 날 휠체어를 밀던 남자가 할아버지 없이 홀로 책방에 들어섰다. "어서 오세요."라고 인사했지만 손에 땀이 나기 시작했다. 그는 또 내 자리까지 성큼성큼 걸어와 메고 있던 에코백에서 주섬주섬 뭔가를 꺼내며 "제가 선생님께 드릴 게 있어서요."라고 말했다. 달라는 게 아니라 뭘 준다는데도 겁이 났다. 그가 내민 건 모나미153 볼펜 한 자루였다. 볼펜 윗부분에는 '선생님 감사해요.'라고 쓴 견출지가 붙어있었다. 또박또박 쓴 글씨체였다. 그러고는 "장사 잘 하세요."라고 말하며 돌아서서 나가려 했다. 이건 또 무슨 영문인가 싶었지만 정신을 차리고 그를 불렀다. "저도 뭐 하나 드릴게요!"라고 용기내서 말했다. 책을 사면 주는 사은품 메모장이 있는데 남은 게 몇 권 있어 하나를 건넸더니 무척 좋아했다. 그는 "아버지께 잘 전해 드릴게요."라고 말했고 나 또한 "볼펜 잘 쓸게요."라고 대답했다. 갑작스레 나타나 볼펜을 주는 의미를 정확히 알 수 없지만 그 나름대로 주변 사람들에게 감사의 마음을 전하는 것 같았다. 결과적으로 그때만큼 긴장됐지만 별 탈 없이 지나가서 가슴을 쓸어내렸다.

이런 크고 작은 일들을 겪으며 당시에는 복잡한 심경이 되기도 하지만 별일 없이 지나면 괜찮은 글감이 된다는 걸 이제는 안다. 그러니 그때그때 받아적고 글로 남겨놓으려 한다. 태재 작가의 말처럼 적어놓지 않으면 그 일들이 무서웠던 기분으로만 남을 테지만 글로 남긴 덕분에 책에 한두 페이지를 완성할 수 있는 좋은 글감이 되었으니까.

후일담, 얼마 전 책방에 CCTV를 설치했다. 1초 앞도 예측할 수 없는 인간인지라 늘 긴장하지 않을 수 없다. 더군다나 여자 혼자 있는 가게니 사전에 사고를 예방할 수 있는 뭐라도 해야 할 것 같았다.

✳

건강하지 못하게 품고 있는 질투심보다
건강하게 표현하는 부러움을 갖고 싶은데.

_김신지 《기록하기로 했습니다》(휴머니스트, 2021)

#27

건강한 부러움

부러우면 진단다. 누구나 한번쯤 해봤을 말. 이 말인즉, 부러워하면 안 된다는 건데 우리는 왜 타인을 부러워하면 스스로 패배자로 여길까? 나부터도 인스타그램을 보다가 친구가 좋은 차를 자랑하거나 대궐 같은 집을 과시하면(그들은 공유라 쓰고 난 자랑이라 읽는다.) 괜히 '좋아요'도 누르기 싫어 피드를 홱홱 넘긴다. 반면에 나도 남들에게 자랑하고 싶어서 피드에 사진을 올린다. '나에게 주는 선물' 운운하며 업로드하는 대부분이 과시다. 그런데 그런 피드를 작성하고 나면 기분이 좋기는커녕 괜히 찜찜한 기분이 든다. 왜 그깟 걸 자랑이랍시고 올렸을까? 가방 사고 운동화 산 게 뭐 대단한 거라고….

부러운 걸 부럽다고, 네가 산 거 나도 갖고 싶다고 말하는 걸 어느 순간부터 안 하게 됐다. 그러면 지는 것 같으니까. 딱히 뭐가 지는 건지도 모른 채. 그런데 얼마 전 내 친구는 내가 인스타그램 스토리에 올린 사진을 보고 이렇게 메시지를 보냈다. "나도 이거 너무 갖고 싶어!" 친구가 갖고 싶다고 한 물건 사진은 내 것도 아니고 언니가 산 가구였다. 해외 수입 제품으로 꽤 고가의 장식장인데 나름 핫하다. 나는 갖고 싶어도 그림의 떡이니 그저 '이쁘다'며 글을 달아 사진을 찍어 올린 것. 솔직히 이걸 내 인스타그램에 남기면 사람들이 내가 산 것으로 알지도 모른다는 큰 그림을 그렸다. 그런데 그 가구가 너무 갖고 싶다고 숨김없이 말하는 친구는 늘 부러우면 부럽다고 말한다. 그리고 그게 어때서? 라고 반문할 것이다. 그게 왜 지는 거야? 내 친구가 좋은 물건 사서 나까지 기분 좋다, 더 많이 많이 가졌으면 좋겠다, 하고 바라는 건데? 친구의 앞뒤 재지 않는 말에 잠시 움츠러들었다. 그리고 나는 디엠(DM)에 댓글을 달았다. "나도 너무 갖고 싶어. 이거 우리 언니가 산 건데 예뻐서 찍었어."

우리의 대화는 자연스럽게 이어졌다. "결혼 전에는 가방이나 구두 같은 게 사고 싶었는데 이젠 가구가 눈에 보이더라." "나도 그래. 그래서 얼마 전에 큰마음 먹고 현관 중문 바꿨어." "잘했다. 잘했어. 그런 거 하나씩 바꾸면서 기분 전환하고 그러는 거지 뭐. 인생 뭐 있니?" "맞아!"

내가 뭘 하든 잘했다고 해주는 친구. 아주 오래전부터 그를 친구로 둬서 참 행복하다고 생각했다. 나 또한 친구가 어딜 가고 뭘 사든 진심으로 축하해줄 수 있다. 그가 나를 그렇게 대해주는 것처럼 말이다. 부러우면 지는 게 아니라 부러움을 건강하게 받아들이지 못하는 게 어리석다. 건강하게 부러워한다는 건 타인이 잘되는 거에 배 아파하지 않고 힘찬 박수를 쳐주는 거다. 건강한 부러움과 건전한 질투로 타인과 나 사이에 이기고 진다는 표현은 빼보면 어떨까?

✳

어떤 작가에게 왜 신간을 보내주지 않느냐고 따지듯이 말한 사람이 있었다. 자동차 회사에 다니는 사람이었다. 그 작가가 말했다. 이번에 너희 회사에 새 차 나왔다는데 왜 나한테는 한 대 안 보내주는 거야?

_안도현 《안도현의 발견》(한겨레출판, 2014)

#28

어떤 서운함

자정 넘어 홀로 독서할 땐 내가 주로 책을 읽는 소파 옆에 2, 3권의 책을 쌓아둔다. 읽어야 할 책은 많은데 한 권만 읽자니 밤이 너무 짧아 두루두루 살펴보다 자려는 거다. 오늘 곁엔 《안도현의 발견》이 놓여 있다. 생활의 발견, 기억의 발견, 사람의 발견, 맛의 발견, 숨의 발견으로 챕터가 나뉘어있다. 시인의 시선으로 예리하게 바라본 세상이 쉬운 말들로 쓰여 있다. 차례에서 제목 먼저 보고 읽고 싶은 것부터 골라 읽던 중이었다. 〈미안한 책〉이란 제목의 글 말미에 밑줄 그은 문장이 나왔다. 나도 비슷한 경험이 있다.

신간이 나오면 출판사에서 10권에서 20권가량을 저자에게 보내준다. 단순히 축하한다는 의미도 있지만 엄연히 계약서에 명시된 내용이다. 딱 그 정도만 무료로 받고 더 필요하다면 저자도 똑같이 돈을 내고 구입해야 한다. 그렇게 출판사에서 받은 책은 가족에게 가장 먼저 주고 그다음은 이 책이 도움이 될 만한 지인이나 유독 이 책이 나오길 기다려준 사람들에게 선물한다.

2020년 2권의 책을 세상에 내놓았다. 첫 새 책이 나왔을 때 오랜만에 지인들을 만날 자리가 있어 인원수만큼 책을 챙겨 나눠주었다. 그러고 몇 달 뒤 다음 책이 나왔다. 연달아 책이 나오면 왠지 민망하기도 해서 그 소식을 대놓고 알리기 꺼려지기도 한다. 출판사 입장에서도 다작하는 저자를 그리 달가워하지 않는 것 같기도 하고. 아무튼 그날도 지인 모임에 나가게 됐다. 먼저 모인 몇몇이 먼저 술을 마시며 이야기를 나누고 있었다. 내가 도착해 반갑게 인사하고 안부를 묻는데 그중 한 명이 대뜸 이렇게 말했다.

“왜 책 안 줘? 새 책 나왔잖아.” 그러자 또 다른 누군가가 “빨리 내놔요, 책” 하고 재촉하듯 말했다. 그날은 책을 안 챙기기도 했지만 순간 말문이 막혀 아무 말도 못하고 그들을 멀뚱히 바라보았다. 정신을 차리고 “아… 오늘은 무거워서 안 가져왔어요.”라고 얼버무렸다. 그들은 서운하다는 듯하더니 재빨리 화제를 돌려 다른 이야기를 나눴다.

그들은 내가 책을 꼬박꼬박 챙겨주던 사람들이었다. 한편으론 당연히 여겼다. 어떤 이는 책을 대강 훑어보고는 자신의 SNS에 올린 것을 내게 인증(?)하며 됐냐는 식으로 말하기도 했다. 그러면서 그 후에 책이 좀 더 나갔냐고 너스레를 떨기도 했다. 자신의 인맥을 이용해줬으니 만족하냐는 건가? 지인 중 누군가가 책을 내면 왜 새 책을 당연히 공짜로 줘야 한다고 생각하는지 모르겠다. 안도현 시인의 말처럼 차 만든다고 새 차 나오면 한 대씩 주는 것도 아니면서. 책과 차를 비교하는 게 억지스럽다고? 차 한 대 만드는 것만큼 책 한 권 쓰는 데 저자가 들이는 공을 왜 따져보지 않는 걸까. 몇 년, 몇 달을 머리털 쥐어뜯으며 쓴 책인데 말이다. 가끔씩 글 한 줄 쓰는 게 너무 어렵다고 말하면서 작가가 책 한 권 써 내는 건 왜 별거 아니라는 듯 말할까?

물론 책 나온 걸 누구보다 축하해주며 대단하다고 칭찬해주는 것도 그들이긴 하지만 새 책을 공짜로 주는 게 당연한 코스처럼 여기는 건 한번쯤 생각해봤으면 한다. 한번 책을 받았으면 다음 책은 직접 사서 보겠다는 말이라도 해주든가요.

그런데 주 여사가 어느 날은 그런다.
"늙으면 죽어야 돼. 쓸모가 없잖아."
이제는 나이 먹으니까 짐이 된다고, 짐이 되는 존재는 싫다고. 그런 말이 어딨어, 할머니. 주 여사의 대부분의 삶은 누군가를 양육함에 있었다. 그들이 모두 어른이 되자, 주 여사는 더 이상 밥 안치는 법도 세탁기 돌리는 법도 알려줄 데가 없게 되었다.
"할머니는 딸이랑 사위한테 시간을 준 거잖아. 우리 엄마 아빠가 나에게 해줘야 할 일을 할머니가 대신해준 거니까, 할머니는 쓸모를 충분히 적립해둔 거야. 그러니까 쓸모없다는 소리는 안 해도 돼."

_김경희 《할머니의 좋은 점》(휴머니스트, 2020)

#29

할머니의 쓸모

우리 엄마는 조카들의 외할머니다. 대부분의 할머니들이 그렇겠지만 자식, 손주에게 뭐 하나라도 더 주고 싶어서 안달난 사람들 아니던가. 줄 수 있는 것이라면 뭐든 주려고 하고 손주들이 필요한 것을 먼저 알아채고 준비하는 사람. 콕 집어 우리 엄마다.

며칠 전 언니네 놀러갔다가 13살 조카의 말을 듣고 배꼽 빠지게 웃었다. 할머니가 학원 앞으로 차를 몰고 데리러 왔는데 마침 뭘 적을 게 생각나 별 생각 없이 "할머니 혹시 종이 있어요?"라고 물었단다. 엄마는 본인 핸드백을 주섬주섬 뒤지더니 A4 한 장을 꺼내 조카에게 내밀었다. 그냥 한 말이었는데 할머니 가방에서 A4 종이가 나오는 걸 본 조카는 조금 놀랐다. 잠시 후 조카가 "아, 배고프다." 했더니 할머니는 또 핸드백에서 롤빵을 꺼내 내밀었다. 빵을 허겁지겁 먹은 조카에게 우유를 꺼내주고 차가 움직이는 통에 우유 마시기가 힘들다고 느끼던 찰나 그 작은 핸드백에서 빨대까지 내어줬다. 이 이야기를 하던 조카는 너무 신기했다면서 "할머니 가방 밑으로 할머니 집과 연결된 통로가 있는 게 아닐까 싶을 정도였어."라고 했다.

도라에몽 주머니처럼 뭐든 나오는 엄마의 가방을 떠올리며 나도 박장대소했다. 엄마의 가방에는 뭐든 있다. 우리가 뭘 언제 찾을지 몰라 다 갖고 다니는 거다. "이모, 진짜는 따로 있어. 내가 지난밤에 할머니 집에서 자려고 가는 길에 배가 고플 것 같아서 햄버거를 사갔거든. 할머니 집에 도착해서 햄버거랑 감자(프렌치프라이)를 먹는데 케첩이 부족한 거야. 그래서 할머니 케첩 더 주세요, 했더니 할머니가 냉장고가 아니라 가방에서 케첩을 꺼내주시는 거야! 푸하하"

도대체 엄마의 가방 속에 없는 건 뭘까? 김경희 작가의 《할머니의 좋은 점》을 읽으며 엄마 또한 우리가 필요한 게 있으면 무엇이든 척척 꺼내주며 자신의 쓸모를 인정받고 싶어하는 건 아닐까 하고 생각했다. 나는 가끔 엄마에게 책방 주인으로서 책을 추천해주곤 한다. 《할머니의 좋은 점》도 읽어보라고 건넸다. 내가 이 책을 읽으며 외할머니와 엄마 생각이 많이 났기 때문이다. 책을 다 읽은 엄마가 재밌게 읽었다며 후기를 전했다. 엄마는 내가 안 읽어본 줄 알고 책의 줄거리부터 읊었다. 나는 모른 척 듣고만 있었다. 엄마는 줄거리를 알려주는 걸로 본인의 쓸모를 생각하고 있을지도 모르니까.

젊을 때는 무엇이든 최선이 아니면 직성이 풀리지 않았어요. 하지만 최선이 안 될 때는 차선이라도 괜찮다고 여기는 태도가 때로는 필요하더군요. (중략) 중요한 건 최선을 알고 난 후에 '그럼 내가 할 수 있는 차선은?' 하고 생각해보는 거예요.

_이치다 노리코 《어른이 되어 그만둔 것》(황미숙, 드렁큰에디터, 2020)

#30

나의 차선책

몇 권의 책을 낸 뒤로 감사하게 꾸준히 출간 제안을 받는다. 얼마 전에는 필사책을 내보자는 제안을 받고 미팅을 진행했었다. 사실 앞에 몇 권의 출간 일정이 있어 무리하면 안 될 것 같았지만 필사책의 특성상 원고의 분량이 아주 많지 않을 것 같아 일단 미팅을 해보자고 했다. 출간 제안 메일을 보낸 편집자는《문장 수집 생활》을 재미있게 읽었고 내가 꾸준히 필사하고 그걸 자료화해 놓는다는 걸 알았다며 이참에 필사만을 위한 책을 내보자고 했다. 필사라면 나도 많은 독자에게 권하는 독서 방법이기도 해서 한번쯤 이야기를 나눠보고 싶었다.

책방에서 미팅을 진행하고 샘플원고를 써보기로 했다. 얼마 뒤 편집자가 제안한 형식대로 샘플원고를 보냈고 출판사 측에서 회의를 마친 뒤 피드백 메일을 받았다. 그런데 회신 내용을 보니 처음에 생각했던 것과 달리 좀 더 전문적인 '글쓰기 책'을 원하고 있었고 원고의 분량 또한 많아서 부담되었다. 더군다나 기존에 글쓰기에 관한 책을 두어 권 냈고 준비하고 있는 원고도 하나 있는 터라 내가 쏟아낼 수 있는 글감의 한계에 부딪칠 것 같아 정중히 출간 거절 메일을 보냈다. 아쉬웠지만 내가 할 수 없는 건 빨리 포기의사를 밝히는 게 낫다.

해당 출판사 쪽에서도 내 의견을 반영해 다시 한 번 회의를 했고 결과적으로 계약해지를 하기로 최종 결정했다. 담당 편집자는 출간 계약서를 우편으로 보낼 때 메모지에 손편지를 써서 보냈는데 계약해지 문서를 보낼 때도 손편지로 아쉬운 마음을 전했다. 소박하고 진심어린 그의 손편지를 보며 문서를 회신할 때 손 메모라도 써서 보내야 하나 고민했다. 평소 손 메모를 자주 쓰거나 사람들과 이런 식으로 안부를 주고받는 스타일이라면 크게 걱정하지 않았겠지만 어떻게 해야 하나 마음이 쓰였다. 그러다가 이치다 노리코의 《어른이 되어 그만둔 것》을 읽었다. 〈손편지 쓰기를 그만두다〉라는 꼭지 제목이 눈에 띄기에 그 부분부터 찾아 읽었다.

저자인 이치다 노리코는 인터뷰 요청이 많은 편인데 때마다 자신의 진심을 전달하고 싶어 꼭 손편지를 썼다고 한다. 이렇게 하게 된 데에는 자신이 손편지를 받은 경험 때문이었다고 한다. 상대방은 무려 3장에 걸쳐 정성스러운 글씨로 취재 내용을 적어보냈고 그 체험이 놀랍고 감동스러워 흔쾌히 일을 맡았다고 했다. 그 뒤로 손편지를 쓰기 시작했는데 쫓기는 현실 속에서 오늘은 꼭 편지를 써야지 하다가 시간이 없어 내

일로 미루다가 결국 편지 보내는 시기를 놓쳐 후회하는 날이 많아졌단다. 사실 나도 담당 편집자의 그 정성스런 손편지를 받고 이걸 어째야 하나 차일피일 답장하기를 미루던 참이었다. 썰렁하게 문서만 보내기도 미안했고 안 쓰던 편지를 갑자기 쓰려니 그 또한 어색했다.

결국 앞서 밑줄 친 문장처럼 최선이 안 되면 내 스타일의 차선이라도 택하자고 결정하고 이메일을 써 다음에 더 좋은 기회로 다시 만나기를 바라는 뜻을 담아 전송했다.

사람마다 감사의 의미를 전하는 방법은 다 다르다. 최근 한 스튜디오에서 밤 9시에 온라인 강연을 했다. 강연을 무사히 마친 다음 날 담당자가 늦은 시간까지 감사했다는 문자 메시지와 함께 강연하는 나를 찍은 여러 장의 사진을 보내줬다. 색다른 기분이었다. 보통 이런 일이 있을 때마다 내 개인 SNS에도 올릴 겸 사진을 누가 좀 찍어줬으면 하고 바랄 때가 있는데 그걸 부탁하기도 그렇고 해서 그냥 사진 한 장 못 남긴 채 일을 마무리 지을 때가 많았다. 그런데 말하지 않아도 이렇게 사진을 찍어 보내주니 뜻밖의 고마움이 느껴졌다. 그러고 보면 친구들과 오랜만에 만나 밥을 먹고 헤어질 때에도 집에 잘 들어가라며 카톡 메시지와 함께 나도 모르는 사이 나를 찍은 사진을 보내주는 친구가 있다. 타인의 시선으로 바라본 나는 또 다른 모습이어서 감동이 색다르다. 행복했던 시간, 감사의 마음을 전하는 방식은 누구 하나 똑같을 필요 없다. 자신에게 맞는 방법으로 표현한다면 그게 진심이라면 상대방에게 고스란히 전달된다. 이참에 나도 친구들을 만나면 몰래 그들을 찍어 사진을 보내봐야겠다.

✳

맵고 향신료가 많이 들어간 음식과 그녀를 취하게 만들던 기호품들, 혀 짧은 발음과 의성어 의태어로 이루어진 대화가 아니라 추상과 감정을 적확하게 짚어내는 단어를 사용하는 문장으로 대화하는 시간들.

_서유미 《우리가 잃어버린 것》(현대문학, 2020)

#31

그땐 잘 몰랐어

육아 동지만큼 든든한 존재가 있을까. 내겐 동지보다 육아 선배에 가까운 언니가 있다. 언니는 둘째를 임신한 뒤 퇴사를 결정했다. 첫째는 친정엄마가 하던 일을 관두고 돌봐주었지만 둘째까지 맡을 여건이 되지 않아 안정적인 직장을 관둬야 했다. 그 무렵 우리 집에서 함께 살던 언니네 식구들은 작은 아파트를 얻어 분가했다. 엄마와 함께 살면 좋은 점도 있지만 다 좋기만 한 건 아니다. 서로 다른 살림과 육아 스타일로 둘은 종종 다퉜고 결국 힘들어도 알아서 해보겠다며 언니가 이사했다.

그 뒤 언니는 아이 둘을 키우며 버거운 하루하루를 보냈다. 일주일에 한두 번은 나에게 연락해 퇴근 후 집에 들러줬으면 했다. 내가 가기로 약속한 날은 오후 2시쯤부터 저녁에 뭘 먹을지 메뉴를 골라보라고 했다. 언니의 문자 메시지에 설렘이 묻어있었다. 내가 먹고 싶은 것 반 언니가 먹고 싶은 것 반, 공평하게 2가지를 배달시키는 경우도 흔했다. 엄마나 나 없이 지내는 일상이 가뿐하게 여겨지기도 했지만 자주 외로워보였다. 형부가 회식을 하거나 야근을 해야 할 땐 주로 내가 가서 언니와 함께 저녁식사를 했다. 그간 나누지 못했던 이야기를 주고받고 예능 프로그램을 보며 깔깔거렸다. 종일 업무에 시달린 나는 언니의 연락을 무시한 채 집에 가서 침대에 대자로 뻗어버리고 싶은 날도 있었지만 언니의 부탁을 거절하기 힘들었다. 언니가 나를 부르는 이유는 다른 게 아니라 저녁시간만이라도 '어른'과 대화하고 싶다는 거였다. "혀 짧은 발음과 의성어 의태어로 이루어진 대화"가 아니라 대충 말해도 찰떡처럼 알아듣는 어른의 말을 그리워했다. 결혼도 안 하고 아이도 키워본 적 없는 그때의 나는 언니의 말이 전부 이해되진 않았다. 그저 하나뿐인 동생이니 어쩔 수 없다고 생각하며 언니네 집으로 향하는 날이 대부분이었다.

그로부터 10여 년이 지나 내가 아이를 낳고 육아를 경험해보니 그때 언니가 했던 말이 무슨 의미였는지 정확히 이해됐다. 틈만 나면 아이를 둘러업고 언니네로 가 '남이 만든 음식'을 함께 먹으며 육아 스트레스를 떨쳐내려 했다. 종일 분유와 이유식의 밍밍한 냄새만 맡는 게 지겨워 언니와 식사할 땐 맵고 짠 해물찜이나 순대볶음 같은 자극적인 어른의 맛을 찾아 음식을 주문했다. 그런 다음 잠시나마 언니에게 아이를 맡겨야 허리라도 펼 수 있었다. 나와 비슷한 경험을 한 사람과 나누는 대화는 피로가 풀릴 정도로 짜릿했다. 그리고 육아에 힘들어하는 나를 안쓰럽게 바라보는 언니의 관심에 자주 미안한 마음이 들었다. 언니가 날 필요로 했을 때 지금의 언니만큼 공감해주지 못했다. 때로는 언니의 연락을 귀찮아하고 육아를 힘들어하는 언니를 보며 단순히 결혼해도 아이는 낳지 말아야지,라고 가볍게 마음먹을 뿐이었다. 계획처럼 사는 사람이 몇이나 되겠는가. 자기밖에 모르던 언니가 아이를 둘이나 낳아서 난생처음 하는 육아에 힘겨워할 때 왜 저런 선택을 해서 고생을 할까? 라고 남 일처럼 대했던 나 자신을 혼내주고 싶다. 그리고 나의 육아를 남 일처럼 생각하지 않고 시시때때로 걱정하고 챙겨주는 언니에게 쑥스러워 말로 못하는 동생이 지면을 빌어 뒤늦게 고마움을 전한다.

✳

내가 반 평도 안 되는 현관에 수북이 산처럼 쌓인 구두를 망연히 바라보면서 이멜다의 구두를 연상한 것도 그런 까닭이다. 그 두 가지는 얼토당토않은 거였지만 아름답지 않고 혐오스럽다는 걸로 매우 닮아 보였다. 뭐든지 그것을 즐기려면 우선 제정신이어야 한다.

_박완서 《모래알만 한 진실이라도》(세계사, 2020)

#32

제정신으로 살기

집콕 하느라 추위가 피부에 와닿지 않는 겨울. 지구를 뒤덮은 팬데믹 탓에 아이는 한 달째 어린이집에 등원하지 않고 있다. 초반에는 하루하루 망연자실하게 지내다가 단기간에 끝날 조짐이 보이지 않아 정신을 차리기로 했다. 집에서 할 수 있는 일을 하며 시간을 보내는 게 가장 현명했다. 미루던 정리정돈을 하기로 했다. 한꺼번에 무리하면 지칠 수 있으니 하루에 한 군데씩, 그게 서랍 한 칸일지라도 치워보기로 했다. 우선 신발 정리를 했다. 성인 2명 정도가 서면 꽉 차는 좁은 현관에 신발 둘 곳이 부족해 현관 중문에 걸이식 신발 포켓장을 걸어뒀었다. 나름 수납이지만 손님이라도 오면 여간 민망한 게 아니었다. 집에 들어서자마자 수십 켤레의 신발이 그 집의 첫인상과도 같은 현관 문짝에 걸려 있으니 말이다. 현관 바닥에는 3명의 신발이 늘 뒤엉켜 있었다. 풍수지리를 맹신하는 건 아니지만 현관이 깨끗해야 복이 들어온다는데 우리 집 현관에 쌓인 신발을 보면 복도 '으이그 더러워!' 하면서 후진할 것 같다.

모든 정리의 첫 단계는 전부 꺼내놓는 거라기에 거실 한쪽에 신발을 모조리 늘어놨다. 기가 막혔다. 신지 않은 지 2, 3년씩 지난 것들이 30켤레는 됐다. 이런

게 있었나? 싶은 것들도 있었다. 더 소름끼치는 건 전부 내 신발. 결국 내 운동화와 구두 때문에 현관이 늘 지저분했다는 걸 깨달으니 제정신이 아닌 채 살았던 것 같았다.

언니가 준 신발도 10켤레가 넘었다. 문제는 발이 작아서 신지 못 하는데도 갖고 있다는 거였다. 완전히 작아 안 맞으면 포기했을 텐데 애매하게 맞아서 어떻게든 신어보겠다고 끌어안고 있었다. 그런데 제아무리 비싼 신발이면 뭐하나 내 발에 안 맞는걸. 일단 발이 들어가긴 해도 몇 걸음만 떼면 비명이 나오는 신발을 어떻게 신겠다고….

작은 상자에 사이즈가 안 맞는 신발을 따로 담아 나보다 발이 작은 엄마에게 주기로 했다. 진즉에 줬으면 잘 신고 다니셨을 텐데 욕심을 부려 신발장에서 1, 2년을 빛도 못 보게 했던 게 후회됐다. 낡고 유행 지난 신발은 버리기로 했다. 아이를 낳은 뒤 발이 살짝 커져(맞아요, 살이 쪄서입니다.) 구두는 거의 안 신고 운동화만 신고 있던 터라 정리하기가 한결 수월했다. 남편이 꼽은 내 장점 중 하나는 버릴 땐 과감히 버린다,인데 이번에도 그 미덕(?)을 뽐내보기로 했다. 나눌 것과 버릴 것을 뺐더니 커다란 신발장에 여백이 나타나기 시작했다. 나는 현관 중문에 걸어둔 신발 포켓장을 떼어냈다.

집에 들어서자마자 문에 걸린 신발들과 마주하지 않아도 되니 한결 상쾌했다. 남편이 정리된 현관을 보더니 "우리 집 현관 바닥이 이런 색이었구나."라며 너스레를 떨었다.

다음 날 상자에 모아둔 구두를 가지고 친정에 갔다. 엄마 발에 아주 잘 맞았다. 신발이 주인을 만났다. 얼마 전 읽은 박완서 작가의 에세이 〈이멜다의 구두〉에 "지나치면 만고의 미덕이라는 절약도 아름답지가 않고, 누구나 누리고 싶어하는 부도 혐오스럽게 된다. (중략) 뭐든지 그것을 즐기려면 우선 제정신이어야 한다."라는 부분이 있었는데 꼭 나를 두고 한 이야기 같아서 머릿속에서 자꾸 맴돈다. 깨끗하게 정돈된 현관과 신발장을 보니 어느 정도 제정신으로 돌아온 것 같다. 신발장에 어떤 신발이 있는 줄도 모르고 사 나르기만 했던 내가 한심하게만 여겨졌다. 이제라도 정신 차렸으니 다행이려나. 이 정신이 좀 오래 유지돼야 할 텐데. 비워야 또 채워진다고 당분간 채우기는 좀 자제하고 맑은 정신으로 지금 가진 신발을 두루두루 잘 신어야겠다는 다짐을 해본다.

✳

"손님을 평가하지 마, 절대로. 머릿결이 많이 상하셨네요, 피곤해 보이시네요, 여기 목 뒤에 뭐가 나셨어요, 피부가 안 좋으시네요, 이런 말 절대 하지 마. 손님들이 자기 상태를 모를 것 같니? 다 아는데 좀 나아지게 하려고, 기분이 조금이라도 좋아지려고 미용실에 오는 거잖아. 그런데 머리하러 와서까지 그런 말을 들어야겠니? 그렇게 무신경할 거면 이 일 하지 마, 아예."

_윤이형 《붕대감기》(작가정신, 2020)

#33

모른 척해주는 것도 프로다움

동네 미용실에서 머리를 한 지 5, 6년은 된 것 같다. 원래 다니던 미용실이 있었는데 거리가 멀어서 우연히 동네 미용실에서 머리를 커트해봤는데 예상보다 훨씬 만족스러워 단골이 됐다. 앞으로 단골이 될 것 같은 느낌은 완성된 머리 모양으로도 알 수 있지만 다 자른 후 드라이를 해줄 때의 마무리 손길만 봐도 이 사람이 세련된 감각을 지닌 사람인지 아닌지 나 나름대로 판단된다. 실장님 실력을 나만 간파한 건 아니었는지 동네 단골이 꽤 많아 예약하지 않으면 당일 커트나 염색은 힘들다. 아이의 머리 커트도 믿고 맡긴다.

실장님에게 머리를 믿고 맡기는 이유 중 하나는 바로 내 두피 상태에 대해 왈가왈부하지 않는 거다. 그 모습이 내겐 꽤 프로다워 보였다. 지성두피라서 종종 지루성 두피염이 도지곤 한다. 고치려고 꽤 많은 노력을 했다. 2, 30대에는 두피 때문에 고민도 많았고 병원비도 많이 써서 완쾌까진 아니지만 호전됐다. 내 두피 상태는 누구보다 내가 잘 알고 있다. 울긋불긋하고 뾰루지가 있다는 건 굳이 말해주지 않아도 안다. 그럼에도 미용실을 가면 이 사실을 콕 집어서 말해주는 통에 난감한 적이 한두 번이 아니었다.

"뾰루지가 났어요! 안 아프세요? 여기 피나는

데!" 나는 하루아침에 나아지는 문제가 아니란 걸 받아들였기 때문에 그들이 놀라서 호들갑 떠는 게 영 거슬렸다. 그들이 이렇게 말할 때 나의 리액션은 "아, 그래요." 혹은 "알고 있어요." 정도밖에 없다. 걱정돼서 하는 말인 건 알지만 나에게만 들리는 작은 목소리도 아니고 옆 사람에게까지 들릴 정도로 화들짝 놀랄 땐 난감하기 짝이 없다.

한번은 일정이 꼬여 다른 미용실에 가야 했다. 원하는 헤어스타일 사진을 보여주고 이런저런 이야기를 나눈 뒤 미용사가 머리카락을 자르기 시작했다. 그날따라 생리기간과 맞물려 두피상태가 별로 좋지 않았다. 처음 보는 내 두피 보고 뭐라고 말할지 괜히 긴장됐다. 아니나 다를까 한참을 머리카락 자르기에 집중하던 미용사가 내 정수리 부분을 유심히 보더니 "여기 안 아프세요? 피 나는데?"라고 말했다. 불안한 예감은 틀리지 않지. 나는 올 것이 왔구나 싶어 "괜찮아요…"라고 기어들어가는 목소리로 대답했다. 더는 대화를 이어가고 싶지 않아 눈을 질끈 감았고 이내 단골 미용실 실장님 생각이 났다. 그라면 그냥 넘어가줬을 텐데… 두피 상태에 대해 안타까운 심정으로 말하는 것이겠지만 가끔은 그들이 나를 혼내는 것처럼 들릴 때도 있다. 눈살을 찌푸린다거나 고개를 절레절레 흔들 땐 내가 큰 잘못이라도 한 것 같다. 기분전환하고 싶어서 간 미용실인데 그런 말이나 행동을 접하면 머리 모양이 잘 나와도 기분은 한껏 다운된 채로 집에 와야 했다. 프로다움이란 있는 그대로를 말할 때도 그 실력이 발휘되겠지만 때로는 상대의 기분까지 고려해서 말을 삼킬 줄도 알아야 하는 거 아닐까. 마음에 드는 헤어스타일이 완성됐음에도 다시는 그 미용실에 가지 않기로 했다. 때로는 걱정한다는 이유로 모든 위로의 말을 꺼낼 필요가 없다. 상처를 상기시켜주기보다 조심스레 덮어주는 것도 위로의 제스처가 될 수 있다.

팔자 좋은 삶이나 팔자 사나운 삶은 다 주어진 삶이고,
그 둘 안의 아무것에도 속하지 않은 자가
스스로 획득한 삶의 방법이 있으리라. 나는 그것을
꿈꾸었다.

_박완서 《우리를 두렵게 하는 것들》(문학동네, 2015)

#34

10만원짜리 10개 사는 사람

언니네 집에서 저녁을 먹기로 한 날이었다. 종종 형부가 회식이 있거나 야근을 해 늦게 온다고 한 날이면 나와 언니 그리고 친정엄마, 이렇게 여자들끼리(물론 아이들 포함) 저녁을 먹는다. 책방 문을 닫고 아이와 함께 언니가 사는 아파트 주차장에 차를 세워놓고 엘리베이터를 기다리는데 마침 엄마와 마주쳤다. 두꺼운 코트에 얼마 전에 산 흰색 양가죽 가방을 멘 나를 본 엄마가 이렇게 말했다.

"아이구… 맨날 이런 허접한 가방은 참으로 좋아한다."

누구나 알 수 있는 커다란 로고 하나 없는 가방을 멘 딸이 짠하면서도 제대로 된 거 하나 사지 않는 게 못마땅하다는 투였다. 그런 시선이 하루 이틀은 아니지만 버럭 화가 났다.

"이 가방이 뭐가 어떻다고 그래?"
"그럼 비싼 거여?"
"비싼 거든 아니든. 내가 좋으면 그만이지!"

속이 된장찌개 뚝배기처럼 부글부글 끓었다. 그

가방은 불과 이틀 전에 새로 산 거라 더 부아가 났다. 가방에 책은 기본이요, 휴대폰 지갑 파우치 등 뭘 잔뜩 넣고 다니는 터라 가방 입구가 좁은 게 영 못마땅해 입구가 활짝 열리는 것으로 산 참이었다. 필요해서 찾은, 희망사항에 딱 맞는 완벽한 가방인데 허접하다니! 엄마가 고르는 가방의 기준이 가격과 인지도라면 나는 숨어있는 보석을 찾듯 내게 꼭 어울리고 필요한 가방을 사는 것뿐인데 내 취향을 그런 식으로 몰고 가는 게 영 마땅치 않아 저녁을 먹기도 전에 기분이 팍 상해버렸다. 엄마는 내 버럭에 미안한 내색을 비췄지만 늘 그렇듯 대수롭지 않게 여겼다.

얼마 전에는 식구들끼리 모여 저녁을 먹는데 또 가방 이야기가 나왔다. 남편은 내 소비 취향이 못마땅하다는 식으로 이렇게 말했다.

"유미는 100만원이 있으면 10만원짜리 10개 사는 사람이거든요."

어쩜 이렇게 정확히 알지? 정말 그렇다. 100만원짜리 비싼 가방 하나를 사느니 그보다 저렴한 가방을 여러 개 사는 게 합리적인 소비라 생각한다. 그래야 옷에 맞춰서 다양하게 들고 메고 할 것 아닌가. 그런데 가족들은 이런 소비 취향을 영 못마땅해한다. 그들의 말인즉 제대로 된 것 하나를 사라는 건데, 내가 사는 가방이 왜 제대로 된 가방이라고 생각하지 않는지 그게 더 이해되지 않는다.

임신했을 때 샤넬 가방을 선물 받았다. 커다란 숄더백이었다. 끈이 체인이고 소재도 두꺼운 데님이라 데일리백으로 들기엔 어깨가 아팠다. 명품백이니 뽕 뽑을 만큼 쓰고 싶었지만 어깨가 무너지는데 명품이 무슨 소용이란 말인가. 어릴 때는 남들이 하나쯤 갖고 있으니 나도 따라서 사야 하는 건가, 하며 줏대 없이 굴었던 반면 이젠 남들이 뭘 사거나 말거나 난 내가 좋은 걸 든다는 생각으로 가뿐하게 넘겨버릴 수 있게 되었다. 나이 들어서 좋은 점이다. 그렇지만 며칠이 지나도 친정엄마가 했던 말이 맘속에 맴도는 걸 보면 정말 가볍게 넘기게 된 건지는 잘 모르겠다.

시모는 내게 무리한 요구를 하는 분이 아니다. 본인 입장에서 나를 최대한 배려해주는 분이고 기본적인 것만 기대하는 '보통의 좋은 시모'다. 그러나 안타깝게도 그렇다고 해서 내가 불편하지 않은 건 아니다. 남편과 달리 시가 부엌에 있어야 하는 존재가 되는 것, 부엌에 있지 않을 땐 왠지 마음이 불편하거나 혹은 나를 배려해주는 시부모에게 감사해야 하는 것, 부엌일을 어떻게 하는지가 평가 대상이 되는 것, 남편과 시부모의 시중들기를 으레 기대 받는 것. 노동 여부나 강도와 관계없이 시가에서 며느리로 존재하는 모든 순간이 모멸적이다.

_사월날씨 《결혼 고발》(아르테, 2019)

#35

이게 예민한 건가요?

설 명절이 지나갔다. 나는 명절을 쓰나미나 태풍처럼 지나갔다라고 표현한다. 시가에서 차례를 지내는 것도 아니고 며느리에게 음식 만들기를 기대하는 집안도 아니건만 명절은 그냥 없거나 빨리 지나갔으면 한다. 《결혼 고발》을 읽으며 '착한 남자, 안전한 결혼, 나쁜 가부장제'에 대해 두루두루 많은 생각을 했다. 많은 생각을 했다라고 썼지만 그저 밑줄이나 좍좍 그으면서 누가 내 속을 훤히 들여다보는 듯한 개운함을 만끽했다. 진즉에 사놓고 앞부분만 조금 읽다가 명절이 지나고 다시 펼쳐들었다. 차례 부분에서 명절에 대한 이야기가 없을까? 살펴보다가 〈명절을 거부하다〉라는 제목이 보여 그 부분부터 읽어 나갔다.

나의 명절은 대충 이런 식이다. 설 당일에 친정에 가서 친정아버지 추도식 차례를 지내고 오후에 시가에 가서 시가 식구들과 밤늦게까지 시간을 보낸 뒤 집으로 돌아와 잔다. 다음 날 아침 시가에 가서 아침을 먹고 오후에 집으로 돌아온다. 이렇게 시가를 왔다 갔다 할 수 있는 이유는 친정, 시가 모두 한 동네이기 때문이다. 결혼 전 남편과 시어머니는 함께 살았고 결혼 후 홀로 지내시던 시어머니가 우리 집 근처로 이사를 왔다. 명절이면 지방에 사는 시누이 가족이 올라온다.

(지난 추석부터 이번 설까지는 코로나 때문에 오지 못했다.) 설 다음 날 아침식사를 시가에 가서 먹는 이유는 시누이 가족이 돌아가기 전 한 번 더 함께 모여 식사하기 위함이다. 아마도 내가 설 당일에 친정부터 가기 때문일 것이다. 처음부터 이랬던 건 아니다. 신혼 때는 시가에 먼저 갔으나 시가는 차례를 지내지 않아 차례를 지내는 우리 집부터 가게 됐다. 언젠가 나는 이 프로세스를 시가의 배려라고 적었는데 왜 이게 배려가 된 건지는 의문이다. 그런 식으로 생각하는 나조차 모르겠다.

보통은 설 전날 친정에 가서 명절 음식 만드는 걸 돕는데 이때 나는 혼자 간다. 남편에게 아이를 맡기고 간다는 명분인데 남편도 본인이 가서 도울 생각 자체를 하진 않는 것 같다. 여기서 장모의 태도도 문제라면 문제다. 사위가 오면 일을 하러 오는 게 아니란 생각을 먼저 한다. 사위가 오면 뭐라도 챙겨줘야 할 것 같아서 일부러 오라고 안 하는 것 같다. 그도 그럴 것이 설 당일 아침 친정에 가면 남편은 바로 거실 소파에 앉아 TV를 보거나 스마트폰 게임을 한다. 가끔 엄마가 밤을 까라고 시키거나 베란다에서 상을 꺼내오라면 딱 그 정도만 할 뿐 본인이 나서서 제가 뭐 할까요? 라며 팔 걷어붙이진 않는다. 마치 자신은 설 당일 처가에 온 걸 엄청난 배려라고 생각하는 것 같다. 거기에 나와 엄마는 감사해야 하고.

반면 나는 가방만 내려놓고 부엌으로 가 엄마 일을 돕는다. 전날 엄마가 거의 다 해놓은 음식을 다시 끓이거나 마무리하거나 접시에 옮겨 담는 정도지만 그것도 한 시간 이상 소요된다. 나는 우리 아버지 차례니까 내가 할 도리란 생각으로 종종대며 엄마를 돕는다. 그렇다면 만일 시가에서 차례를 지낼 때 남자들은 자신의 조상임에도 불구하고 왜 아무것도 안 하는 걸까? 아무것도 안 해도 왜 아무렇지 않을까? 오히려 며느리들이 안절부절못하고. 이 문제에 대해서는 최근 많은 매체에서 다루었기 때문에 굳이 재탕하진 않겠다.

우리 이야기로 돌아와서 그렇게 차례를 지낸 후 엄마는 곧장 떡국을 데워 사위 밥부터 차려준다. 마치 기다려줘서 고맙다는 듯이. 밥을 먹고 난 후에 설거지도 내가 한다. 오자마자 앉아보지도 못했으니 조금 쉬었다가 하려고 하면 엄마가 해버리기 때문에 내가 얼른 고무장갑부터 껴야 한다. 그런데 남편은 다시 소파 위로 훌쩍 올라가 스마트폰을 들여다보고 있다. 참다못한 내가 "당신이 설거지 좀 해!"라고 말하면 엄마는 집에 불이라도 난 것처럼 호들갑을 떤다. "무슨 남자가 설거지를 해! 됐어, 됐어 엄마가 할게." 이런 상황에서 내가 부글부글하면 남편은 나에게 '뭐 어쩌라고?' 하는 표정을 짓는다. 엄마는 시가에 가져가라며 전을 다시 부치고 음식을 바리바리 싸준다. 차례를 안 지내니 음식이 별로 없을 거라며 챙겨주는 건데 난 이게 싫다. 왜냐하면 음식을 가져가도 딱히 반기는 사람이 없기 때문이다. 시어머니조차 감사하다는 인사하는 걸 못 봤다. 그저 어서 냉장고에 넣어라, 하실 뿐이다. 남편은 어머니가 숫기가 없어서 그러신다고 하지만 그게 단순히 성격의 문제일까? 성격의 문제라기보단 그런 일련의 과정을 매우 당연히 여기기 때문이다. 친정에 먼저 갔으니 음식 싸오는 건 당연하다는 식일지도 모른다. 나의 이런 글이 너무 예민하게 구는 거라고 지나치게 오버해서 생각하는 거라고 말할지도 모르겠다. 그 예민하게 군다는 소리 좀 작작했으면 좋겠다. 예민하게 구는 게 아니라 내가 느끼는 바를 전달할 뿐이니까.

나도《결혼 고발》의 저자처럼 우리 시가가 딱히 이상하다거나 시어머니가 못됐다는 생각은 하지 않는다. 어쩌면 그보다는 좋은 사람이라는 생각에 가깝지만 내가 생각하는 이 일련의 상황에 대해 전혀 이상하게 여기지 않는 데서 남편이나 시모에 대한 나의 서운함은 시작되는 것이다. 음식을 잘하는 시가쪽 식구들이 있어서 나는 음식은 일절 하지 않는다. 만들어주시는 것을 그저 맛있게 먹는다. 그리고 설거지를 한다. 시가에서도 남편은 설거지를 하지 않는다. 내가 눈치주면 와서 거드는 척 하는데 그러면 또 시가 식구들이 나오라며 성화다. 내가 설거지하려고 할 때 말리는 사람은 없다.

명절이 지나갔다. 이 일련의 상황과 생각에 대해 나는 남편에게 일절 말하지 않았다. 그냥 여기에 적었다. 늘 그렇듯 후루룩 쓰고 나면 아주 잠시 고요해지고 상황은 정돈된다. 내가 이런 이야기를 꺼내면 보나마나 남편은 버럭 하며 뭘 그렇게 잘못했냐고 할 것이다. 그렇게 싸우는 데 아주 지쳤다. 나도 모르게 자꾸 입을 다문다. 싫다고 구시렁대면서 바꾸려고 노력도 안 하는 나도 문제일지 모르겠다. 다만 일일이 말하는 것도 귀찮다는 게 뭔지 아는 사람은 알 것이다. 이런 게 잘못된 건 줄도 모르는 사람을 붙들고 무슨 말을 하랴.

✳

엄마가 내 엄마로 살아온 내내 불행하고 가련했다는 생각은 어쩌면 내 착각일지도 모른다. 한 사람의 생애는 한 가지 감정과 상태로만 이루어질 수 없다는 사실을 이제는 잘 안다.

_이현주 《나의 가련한 지배자》(코난북스, 2020)

#36

엄마 손

글이 써지지 않는데 기계처럼 뭔가 쓰고 싶을 때 필타를 한다. 전에 읽던 책을 펼쳐 미리 쳐둔 밑줄을 보며 한글 파일에 친다. 키보드를 두드리고 있지만 내 생각을 적는 건 아니어서 단순작업처럼 여겨지지만 '남는 독서'를 하는 방법이다.

오후 3시경 통증이 서서히 올라오는 어깨를 민감하게 느끼며 필타를 하고 있는데 엄마에게 카톡 메시지가 왔다. 화면을 클릭해보니 난데없이 엄마의 손이 등장했다. 전혀 곱다고 할 수 없는 엄마의 왼손 손톱에 반짝이는 매니큐어가 발라져 있었다. 손가락 끝과 정확하게 맞닿도록 깔끔하게 정돈된 엄마의 짧은 손톱에서 은은하게 빛나는 펄이 눈에 들어왔다. 사진만 덜렁 보낸 엄마는 한참 말이 없었다. 내가 사진을 보는 동안 뭔가를 쓰고 있었을 것이다. 엄마가 뭐라고 하기도 전에 내 눈가에는 그렁그렁 눈물이 차올랐다. 주름이 너무 많았다. 엄마의 손 어디에도 주름 없는 곳이 없었다. 뼈마디가 굵어져 손가락이 울퉁불퉁했다. 그 와중에 엄마는 커다란 보석 반지를 잊지 않고 꼈다.

엄마는 처음 돈을 주고 네일숍에 가 젤 네일 관리를 받았다며 어떠냐고 물었다. 엄마에겐 내 눈물이 보일 리 없으니 씩씩하게 키보드를 두드려 "예뻐!"라고 썼다. 곧이어 잘했다고 덧붙였다. 3만원 주고 아는 분의 딸이 운영하는 네일숍에서 했다는데 자신의 손을 이리저리 살피는 엄마가 눈에 선했다. 처음이라 그랬는지 풀컬러가 아닌 손톱 끝에만 펄을 뿌린 듯한 얌전한 디자인이다.

"사람들이 왜 손톱 관리를 받는지 알겠더라고. 이거 했다고 기분이 좋아져."

나 어릴 적 젊은 엄마는 종종 마른 장밋빛 매니큐어를 직접 열 손가락에 조심스럽게 바르곤 했다. 예전에 엄마는 돈을 주고 타인에게 내 손가락을 맡긴다는 개념을 선뜻 이해하지 못했다. 나나 언니가 네일숍에 다녀오면 예쁘다곤 했지만 돈 아깝다는 말도 빼놓지 않았다. 그러던 엄마가 답답한 코로나 시국에 기분 전환으로 뭘 할 수 있을까 고민하다 숍에 다녀온 모양이다. 엄마가 보낸 사진을 다시 클릭했다. 최근에 엄마 손을 잡아본 적도 없고 이렇게 자세히 들여다본 적도 없어 갑자기 늙어버린 엄마의 손이 낯설기만 했다. 터진 눈물을 애써 참으려니 목구멍이 아려왔다. 잠시 후 엄마가 메시지를 보냈다.

"손이 너무 늙어 보여. 주름이 자글자글."

"칠십인데 어쩔 수 없지요~"

내 손을 찍어 엄마에게 보냈다.

"마흔둘 엄마 딸 손."
"아직 고와. 주름이 하나도 없잖어."
"살쪄서 그래. 크크."
"그런가. 통통해."

눈물이 쏙 들어갔다.
모녀의 대화에 빈말은 없었다.

사람을 알아보는 일에는 시간이 필요하지만,
판단은 내려야 했고 시간이 필요하다 해서 면접을
수십 번 볼 수는 없는 노릇이라, 나름 최선을 다해 생각을
정리했다. 하지만 충분히 시간을 들이지 못하고
누군가를 평가하는 일은 늘 찜찜한 기분을 남긴다.

_김성광 《시간은 없고 잘하고는 싶고》(푸른숲, 2020)

#37

면접

포털 사이트에서 '카피라이터 이유미'를 검색하면 인터뷰한 영상이나 기사가 뜬다. 평소에는 부끄럽기도 하고 책에 대한 혹평이나 호평에 일희일비할 것 같아 검색을 잘 안 하는 편인데, 불현듯 생각나면 한 번씩 찾아본다. 일주일 전에도 한 매체에서 유튜브에 올릴 영상 촬영을 의뢰해왔다. 강의나 강연보다 카메라 앞에 서는 게 더 긴장되는 편이라 시간을 두고 고민한 끝에 수락했다. (유튜브에 올린 인터뷰 영상이 나의 커리어나 홍보에 많은 도움이 되는 게 사실이다.)

약속한 날짜가 됐고 담당자를 비롯해 영상촬영 담당자, 사진촬영 담당자 등 다섯 명이 비좁은 책방에 옹기종기 모였다. 원체 좁은 공간에 촬영 장비를 들여놓으니 옴짝달싹하기 힘들었다. 날이 흐려서 책방 입구 쪽 큰 조명을 켜니 행인들이 하나둘 서점을 기웃거리며 궁금해했다. 평소에는 있는 듯 없는 듯 잠잠하기만 하던 책방에 무슨 난리라도 난 것처럼 북적여 그럴 만도 하다. 그냥 말하는 것과 똑같은 톤이라고 믿는데 막상 인터뷰할 때는 왜 그렇게 목소리가 갈라지고 가라앉는지. 아닌 게 아니라 지난 해에는 '윌라' 오디오북에서 《문장 수집 생활》 북콘서트를 했는데 녹음을 다 한 후 들어보니 목소리가 너무 잠기고 갈라져 재녹음을 하는 사태가 벌어지기도 했다. 아무튼 말하는 일은 녹록지 않다.

이렇게 가끔 인터뷰를 하거나 영상을 찍는 경험을 할 때 생각나는 과거가 있다. 2008년경 5년간 다니던 회사를 관두고 디자인만 하는 에이전시로 이직을 준비할 때 이력서를 넣은 회사에서 면접을 보자는 연락이 왔다. 학동역 근처에 있는 에이전시였고 꼭 한 번 경험해보고 싶은 회사였다. 면접 보는 날 잔뜩 긴장한 채 이런저런 질문에 대답하는데, 면접관 중 한 분이 꿈이 뭐냐고 물었다. 평소 꿈에 대해 진지하게 생각해본 적이 없었으나 그 순간은 대답할 말이 있었다. "잡지나 매체에서 절 인터뷰했으면 좋겠어요." "인터뷰? 왜요?" "인터뷰를 한다는 건 그 분야에서 잘하고 있다고 인정받는 거나 다름없는 것 같아요. 제가 가고자 하는 길에서 인정받고 싶어요." 그날 면접에서 저 질문 말고도 수많은 질문이 오갔을 것이다. 그런데 저 질문을 받은 순간만 또렷이 기억이 난다. 그로부터 약 10년이 흘렀고 예상치 못하게 많은 곳과 인터뷰했다. 디자인을 잘해서 인터뷰한 건 아니지만 꿈은 이룬 셈이다.

대면 인터뷰를 하거나 서면 인터뷰를 할 때면 그때 쭈뼛거리면서도 하고 싶은 이야기를 당당히 하던 내가 떠오른다. 그럴 때면 가고 싶었던 방향으로 큰 이탈 없이 가고 있는 것 맞지? 라고 스스로 묻는다. 좋아서 하는 일을 사람들이 인정까지 해주니 더 이상 바랄 게 없다.

✳

어렵고 복잡한 이야기여서는 안 된다.
어려운 이야기를 읽으려면 에너지가 든다.
반면 익숙한 스토리는 쉽게 읽힌다.
우리에게는 동화, 소설, 역사를 통해 익숙해진 스토리가 있다. 익숙한 스토리에 독자가 공감한다.

_김선 《일 잘하는 사람은 글을 잘 씁니다》(북스톤, 2021)

#38

익숙한 이야기가 필요해

요즘처럼 볼거리가 많지 않던 시절에는 TV의 드라마나 개그, 음악 프로그램이 전부였다. 나 또한 예전에는 드라마를 참 많이 시청했다. 유년시절 엄마가 일 때문에 늦게 오시는 날엔 언니와 드라마를 보며 시간을 보냈다. 최근에는 드라마가 마치 영화처럼 제작규모도 커지고 스토리도 다양해져서 한편으론 그걸 보는 것조차 큰 부담이 됐다. 한두 회만 놓쳐도 이해하기 어려워 몰아보기를 해야 하는데 책 읽을 시간도 부족한 나로서는 몰아보는 시간이 아까워 드라마를 한동안 포기했다. 볼 건 넘쳐나는데 내게 맞는 드라마를 찾지 못한 것도 있다. 내게 맞는 드라마는 익숙한 스토리를 다룬 드라마다. 책을 읽다보니 TV에서는 가능하면 단순한 걸 찾게 된다. 머리를 텅 비울 수 있는 단순하고 익숙한 스토리.

그러던 어느 날 은퇴선언을 했던 임성한 작가가 복귀한다는 소식을 접했다. 썼다 하면 시청률 대박이 나지만 그만큼 탈도 많았던 작가 아니던가. 결국 절필선언까지 한 작가가 다시 쓴 드라마는 어떤 내용일까? 궁금했다. 욕하면서도 본다는 작가의 복귀작. 첫 방송 날짜를 기억해뒀다가 본방사수했다. 드라마 제목은 〈결혼작사 이혼작곡〉. '잘나가는 30대, 40대, 50대 매력적인 세 명의 여주인공에게 닥친 상상도 못 했던 불행에 대한 이야기, 진실한 사랑을 찾는 부부들의 불협화음을 다룬 드라마'란다. 쉽게 말해 불륜이 주제다. 이 글을 쓰고 있는 지금은 시즌1이 끝난 상태다. 결론부터 말하자면 한 회도 빼놓지 않고 다 봤다. 시즌1이 끝나갈 무렵 불현듯 나는 이 드라마가 왜 이렇게 재미있을까? 하는 의문이 들었다. 답은 멀리 있지 않았다. 아주 빨리 그 해답을 꺼냈다. 바로 익숙하기 때문이다. 시즌2에는 어떨지 모르겠으나 일단 시즌1에는 내 예상을 크게 벗어나는 상황은 펼쳐지지 않았다. 더불어 배우들의 대사 또한 이해 못할 어려운 말이 하나도 없다. 심지어 '즐감' '며느리도 몰라' 같은 옛날 유행어를 쓰는 배우들의 연기에 피식피식 웃음까지 난다. 전문용어가 남발해 정신 못 차리게 머리 아픈 드라마도 많은데 이 드라마 주인공들은 직업이 의사, 변호사, 아나운서임에도 평범한 대화만 오간다. 어려운 말을 이해하기 위해 애쓸 필요가 없다.

복잡하고 어려운 내용의 멋진 드라마를 보려면 이해하려는 에너지가 필요하다. 어디 드라마뿐이겠는가, 책도 마찬가지다. 소위 벽돌 책이라고 일컫는 엄청난 책들을 읽을 때면 쉽게 배고프다. 그만큼 에너지를 많이 쓰기 때문이다. 이런 책을 읽고 난 다음엔 일부러 쉬운 책을 찾아 읽는다. 뇌를 좀 쉬게 하고 싶달까? 드라마 또한 쉬운 대사, 예측이 가능한 스토리를 보고 있으면 긴장하지 않아도 되니 마음이 편하다. 결국 〈결혼작사 이혼작곡〉을 놓치지 않고 보는 이유는 적은 에너지를 쓰는 시간을 기다리는 것인지도 모른다. 그렇다고 내용이 아주 재미없는 것도 아니니(시청률이 연일 최고를 찍는다.) 흥행 작가의 저력을 실감한다. 뇌를 자극하는 드라마도 필요하지만 아무것도 아닌, 보통의 얘기로 시청자를 공감하게 만드는 것 또한 드라마의 역할이자 재미일 것이다. 세상에 연인이 사라지지 않는 한 극장은 사라지지 않는다고 누군가 말했듯 드라마도 이야기를 좋아하는 인간이 살아있는 이상 계속 제작될 것이다. 그러니 우리는 각자 취향에 맞는 걸로 골라 보기만 하면 된다.

✳

마음이 아픈 건데 실제로 가슴 부위가 아프다.

_요조 《요조, 기타 등등》(중앙북스, 2013)

#39
가슴 아파도

20여 년 전 어느 날 갑작스레 찾아온 가슴통증에 병원에 갔다. 흔히 답답해서 가슴을 칠 때 그 부위가 아파서 진찰을 받았는데 이런 저런 검사를 마친 의사가 조심스럽게 말했다.

"혹시 가슴 아픈 일 있으세요?"
"네? 가슴 아픈 일요?"
"이별을 했다든지…"

눈물이 왈칵 쏟아지려는 걸 간신히 참고 적당히 대답한 후 진찰실을 나왔다. 의사가 무슨 이유로 그런 질문을 했는지 기억나지 않지만 당시 의사의 측은한 표정과 그걸 어떻게 알았어요? 했던 나의 표정은 생생히 떠오른다. 난생처음 사랑하는 사람과 헤어지면 실제로 가슴이 아플 수 있다는 걸 그때 경험했다.

✳

인간의 뒷모습이 인생의 앞모습이라는 것을.
자신의 뒷모습을 볼 수 없는 인간은 타인의 뒷모습에서
인생의 얼굴을 보려 허둥대는 것이다.

_신형철 《슬픔을 공부하는 슬픔》(한겨레출판, 2018)

#40

내 뒷모습을 보며 걷는 사람

여행 없는 일상이 지속되고 있다. 나는 여행을 즐기는 편이 아니라서 그리 힘들지는 않지만 어린이집, 학원, 가끔 백화점 등이 전부인 아이에게 더 많은 장소와 자연을 접하게 해주고 싶은 마음은 간절하다. 날 제외한 가족들은 여행을 좋아해 덩달아 자주 가는 편이다. 나는 가자고 하면 따라가니까 일정과 장소만 통보받으면 주섬주섬 캐리어를 챙긴다. 친정엄마, 언니네 식구, 우리 식구 이렇게 함께 모여 마지막으로 여행 갔던 게 언제였는지 가물가물하다.

언제부턴가 엄마랑 함께 가는 여행이 불편해졌다. 여행지에서 싸우는 일이 잦았다. 떠나기 전 칠순이 다 되어가는 엄마에게 함께 가도 괜찮겠냐고, 힘들지 않겠냐고 여러 차례 물어보고 결정한 경우에도 그랬다. 해가 거듭될수록 몸이 예전 같지 않은 엄마는 여행지에 도착해서 많이 지치곤 했다. 가족들과 사소한 신경전이 겹쳐질 때마다 다음부턴 따라나서지 말아야지, 하고 엄마 스스로도 말하곤 했지만 결국 또 따라나서신다. 안쓰러우면서도 짜증스러운 건 어쩔 수 없다. 몇 해 전 엄마와 함께 남해로 여행을 갔다. 우리 가족에게 여행지에서의 다툼은 일정 코스가 된 것 같았다. 그 여행에서도 사소한 싸움으로 엄마와 분위기가 안 좋았다. 구경하러 다닐 때도 엄마랑 멀리 떨어져서 걸었다. 옆에 있으면 계속 잔소리를 해서 여행을 온 건지 잔소리를 들으러 온 건지 헷갈릴 정도였다. 2박 3일 짧은 여행에도 어김없이 큰 싸움이 나니, 엄마한테 제대로 질려버린 나는 집에 돌아와 다신 엄마랑 여행 가지 않겠다고 다짐했다.

집에 도착한 뒤 저녁 먹을 때가 되어 주섬주섬 자리에서 일어나는데 카톡 메시지 알람이 울렸다. 엄마였다. 또 무슨 잔소리를 하려나 싶어 휴대폰을 켰다. 카톡 메시지에는 여러 장의 사진이 전송되었다. 대부분 엄마가 찍은 나였다. 나머지는 나와 남편 혹은 우리 세 식구를 찍은 사진. 언제 이런 걸 찍었지 싶을 만큼 다양한 각도에 잡힌 내가 있었다. 나는 엄마가 위치를 정하고 엄마 휴대폰을 내게 건네며 찍어달라고 해야 엄마 사진을 찍었다. 엄마는 말도 없이 나를 찍었고 대부분 뒷모습이었다. 서로 멀찍이 떨어져서 걷는 동안 아니, 나는 앞서 걷고 엄마는 뒤따라오며 줄곧 나를 찍은 거였다. 눈물이 왈칵 쏟아졌다. 비록 뒷모습이지만 멋진 풍경 속에 있는 나는 새삼 다른 사람 같았다. "여기 서봐. 엄마가 찍어줄게."라고 하면 나는 귀찮다는 듯 손사래 치며 "됐어. 찍지 마."라고 속마음과 조금 어긋난 말을 내뱉었다. 느린 엄마의 걸음걸이에 맞춰줄 생각은 못하고 그저 앞서 걸으며 뒤에서 엄마 혼자 걷게 했다. 속으로는 엄마가 이제 그만 따라다녔으면 좋겠다고 생각했다. 진짜 못된 딸이다.

엄마는 묶음 사진만 여러 장 보낸 뒤 별다른 말도 없었다. 그게 내 눈치를 보는 것 같아 답장을 보냈다. “언제 이렇게 찍었대?” 철딱서니 없는 나는 예쁜 사진 고맙다는 말도 못했다. 엄마는 내 팔짱이 얼마나 끼고 싶었을까? 함께 걷자고 말하고 싶었을 텐데. 찬바람 쌩쌩 부는 내가 야속했을 텐데… 그 와중에 내 사진을 이렇게 많이 찍고 있었구나. 그날 나는 엄마가 보낸 사진을 하나씩 저장하며 후회하고 또 후회했다.

✳

내가 달리는 동안 이 애들이 부단하게 흔들리고
꿈틀거리겠지. 나는 방 안을 왔다 갔다 하면서
내 핏줄들에게 하고 싶은 말을 연신 속으로 중얼거렸다.
'나는 널 정말 모르겠다.'
'내가 어떻게 해야 되는지 모르겠다.'
'네가 원하는 게 뭔지 정말 알고 싶다.'

_요조 《실패를 사랑하는 직업》(마음산책, 2021)

#41

통증, 너를 정말 모르겠다

허리와 무릎이 심각할 정도로 안 좋은 시어머니를 모시고 한동안 병원을 다녔다. 시어머니는 우리와 한 동네에 살고 있는데 거동이 많이 불편해 혼자 병원을 오가기 어려운 탓이다. 약 3주 정도 작정을 하고 어머니를 병원에 모셔다 드리고 기다렸다가 치료가 끝나면 모셔오길 반복했다. 약 20년 전에 수술한 시어머니의 허리는 다시 수술하기 힘든 상태가 되었고 무릎 또한 지팡이에 의지하지 않고는 잘 걷지 못할 정도로 망가진 상태였다. 일단 허리 통증 완화 주사와 연골주사를 주기적으로 맞았고 물리치료를 받고 약도 처방 받았다. 병원에서 잡은 치료 스케줄이 일단락되고 6개월 뒤에 다시 연골주사를 맞으면 된다는 안내를 받았다.

그로부터 약 2주 뒤에 어머니 댁에 갖다드릴 게 있어 남편과 아이를 데리고 나섰다. 치료 당시에는 한결 좋아진 몸 상태에 어머니 안색도 괜찮았었는데 오랜만에 뵌 얼굴이 어딘가 불편해 보였다. "몸은 좀 어떠세요?" 나는 훨씬 가벼워졌다는 답을 기대했다. 그런데 어머니가 울상을 지으며 치료 받은 게 말짱 도루묵이 됐다고 하시는 게 아닌가. "그게 무슨 말씀이세요?" "동사무소에 볼일 있어서 갔다 오다가 그만 길에서 넘어졌지 뭐냐. 그래서 통증이 전처럼 똑같아졌어." "많이 다치진 않으셨어요?" 어머니는 다친 데는 없는데 치료한 곳이 이전처럼 아프다고 하셨다. 어머니의 대답을 듣는 순간, 속상함과 함께 약간의 짜증이 일었다. 고생해서 병원에 다녔는데 조심 좀 하시지… 입 밖으로 꺼내놓지 않은 말을 삼켰다.

시댁에 다녀오고 며칠 뒤 큰 눈이 내렸다. 다행히 기온이 크게 떨어지지 않아 길에는 눈이 녹은 듯 보였다. 보통 아이 등원시킬 때 거리가 워낙 가까워 전기자전거를 이용한다. 그날도 타고 가기로 했다. 생각이 짧았다. 어린이집에 가려면 코너를 한 번 돌아야 하는데 조심한다고 했는데도 그만 한쪽으로 기울며 넘어진 것이다. 브레이크를 잡으며 속도를 최대한 낮췄음에도 채 녹지 않은 눈길의 저항을 전기자전거 바퀴가 이겨내질 못했다. 조금 놀라긴 했지만 다행히 다치지 않은 아이가 바지를 툭툭 털며 일어났다. 나는 자전거를 일으켜 세우며 "엄마가 미안해, 자전거 타지 말걸." 하고 말했다. 아이는 제법 의젓하게 "괜찮아, 엄마는 안 다쳤어?"라고 물었다. 일단 자전거를 골목 한쪽에 세워놓고 걸어서 어린이집까지 등원시켰다. 집에 돌아와 놀란 가슴을 한차례 쓸어내리고 나서야 왼쪽 목과 어깨, 팔이 뒤늦게 아파왔다. 옷을 반쯤 벗고 거울로 살펴보니 왼쪽 쇄골 부분에 피멍이 들어있었다. 넘어질 때 왼쪽 팔로 바닥을 짚은 게 생각났다. 지난 가을 원고 마감하다가 목과 어깨에 무리가 가서 '완전히'라고 할 만큼 몸 상태가 나빠진 상태였다. 한동안 한의원과 통증의학과를 다니며 통증을 그나마 잠재워 놓았는데(없어지진 않았다.) 눈길에 넘어지면서 고통이 원상복구되었다. 한의원에 다니며 침 맞고 부황 뜨고 피 빼고 온갖 치료를 다했지만 원래대로 돌아오지는 않았다. 이게 뭐야 도대체. 왜 하필 넘어져서! 그때 문득 시어머니가 동사무소 다녀오다가 넘어지셨을 때의 심정이 딱 이랬겠구나 싶었다. 막상 비슷한 처지가 되고 보니 그때 당시 어머니께 더 심심한 위로를 전해드리지 못한 게 후회됐다.

나는 요즘 딱 이런 심정으로 내 몸에게 묻곤 한다. "나는 널(통증) 정말 모르겠다." "내가 어떻게 (치료를) 해야 되는지 모르겠다." "네가(통증) 원하는 게 뭔지(어떤 치료!) 정말 알고 싶다."

✳

몸은 열을 내거나 통증을 느끼게 해서 몸의 주인에게 확실하게 메시지를 전하고 있는 것입니다. 식사와 생활 습관, 휴식, 마음가짐 등등 바꿔야 할 것이 있다는 것을, 지금이 그때라는 것을 말이지요.

_히로세 유코 《나를 믿으며 살아도 괜찮아요》(박정임, 글담, 2020)

#42

당신 파스 냄새 싫어

어깨가 아파서 미치겠다. 정확히는 왼쪽 목부터 어깨 그리고 팔까지다. 정말 정말 못 견디게 아프다. 고통스러워 몸이 막 뒤틀린다. 지금 할 수 있는 건 병원에서 지어온 일주일치 진통제를 꼬박꼬박 챙겨 먹고 가끔 스트레칭하고 하루 15분 정도 목에 끼우는 교정기를 하는 것이다. 당장 해결될 문제가 아니다. 그래서 이 통증을 안고 살아가야 하는데 등받이 없이 앉아있거나 서있을 때 너무 괴롭다.

운동을 꾸준히 하면 완전히 낫진 않아도 치료에 도움이 될 것 같은데 정말 꼼짝도 하기 싫다. 그럴 때면 스스로에게 '너 참을 만한가 보다?'라고 말한다. 그러니까 이렇게 노력도 안 하지. 약을 먹고 파스를 붙이면 그나마 조금, 아주 조금 통증이 줄어드는 것 같다. 사실 통증이 줄어든다기보다 파스 붙인 부위가 따갑고 뜨거워서 통증을 잊는 것 같다. 10이란 통증을 통증 20으로 잊는달까? 동전파스의 위력이란 대단하다. 근데 오늘은 정말 파스도 붙이기 싫다. 내가 제일 좋아하는 향수를 뿌리고 나왔는데 파스를 더군다나 목과 어깨 부위에 붙이면 향수의 향기를 파스 냄새가 잡아버린다. 이도 저도 아닌 향이 날 것이다. 또 한편 이런 것까지 따지는 내가 참을 만한가 싶기도 하고. 아무튼 내 영혼의 동반자 파스가 오늘따라 밉다. 다음에는 냄새 없는 파스를 사야겠다.

파스 냄새 하니까 드라마의 한 장면이 떠오른다. 남편이 아내에게 갑자기 이혼하자고 한다. 진짜 속내야 따로 있겠지만 남편이 아내에게 건네는 이혼 사유가 기가 막혔다. "당신 파스 냄새 싫어. 더 이상 맡고 싶지 않아. 침대에서까지 파스 냄새 맡으면서 내 한심함, 무능함 생각하게 돼." 아내의 직업은 라디오 작가. 드라마 속에서 그녀는 늘 양 손목에 하얀색 팔찌처럼 파스를 붙이고 있다. 별 생각 없이 보다가 뜨끔했다. 나도 늘 어깨며 팔목에 파스를 붙이고 사는데 남편도 내 몸에서 풍기는 파스 냄새가 싫을지도 모르겠다. 물론 파스 냄새 때문에 이혼하고 싶다는 건 너무 억지스럽지만 아내에게 늘 파스 냄새가 난다고 생각하면 그것도 썩 유쾌하진 않겠지. 드라마 속 남편처럼 아내에게서 나는 파스 냄새가 자신의 무능력으로 연결될 수도 있겠단 생각이 들었다. 뭐 현실이 드라마나 영화보다 더 자극적인 세상이니까. 이 정도면 약과일지도 모른다.

그나저나 나는 파스를 붙여야 하나 말아야 하나. 파스 냄새 때문에 타인이 아닌 내가 자괴감에 빠지는 건 어디서 위로를 받아야 할까.

오늘 무엇이 좋았고 힘들었는지 요즘 무슨 생각을 하며 사는지 시시콜콜 나누고 싶었다.

_서유미 《우리가 잃어버린 것》(현대문학, 2020)

#43

남편 퇴근 전에

2020년 늦여름부터 겨울 초입까지 들었던 온라인 글쓰기 모임에서 재미있었던 상황. 그 글쓰기 모임은 매회 주제를 정해주고 그와 관련된 글을 써오는 게 과제인데, 수업 시간에 학인 5명이 자신의 글을 발표하고 다른 학인들은 합평을 해주는 방식이다. 그런데 온라인 수업이다 보니 집에서 수업에 참여하는 경우가 많아 수업 주제가 가족과 관계된 것이면 당사자가 없는 틈을 타 발표하는 웃지 못할 상황이 벌어지곤 했다. 한번은 주제가 '내가 경험한 이별'에 대한 거였는데 나는 결혼 전 사귀었던 남자친구와 헤어졌던 일을 적었다. 하필 그날 내가 발표할 차례여서 집에서 내가 쓴 내용을 읽어야 했다. "누가 먼저 할까요?"라는 선생님의 물음에 재빨리 손을 들었다! 남편이 퇴근하기 전에 읽어야 했기 때문이었다. 너그럽고 배려심 많다고 인정하는 남편이지만 아내가 헤어진 옛 남자에 대해 이야기하는 걸 편하게 듣긴 어려울 것이다. 이미 십수 년이나 지난 일인데 들으면 좀 어때? 라고 말할 수도 있지만 그와의 일화를 몇 번이고 들은 적이 있어(지금도 쓰고 있다!) 남편 배려 차원에서 번쩍 손을 들고 발표하기 전 학인들에게 말해두었다.

"예전 남자친구와의 일이기 때문에 남편이 퇴근하기 전에 읽어야 해서요!"

작은 화면 속 학인들은 킥킥거리며 이해한다는 듯 고개를 끄덕였다. 나뿐이 아니라 다른 학인, 심지어 선생님까지도 시모나 남편에 대한 이야기를 쓴 날이면 그들이 듣지 못할 장소(카페나 친구 집)에 가서 수업을 듣거나 소리 죽여 말했고 우린 크게 말하라고 하기보다 귀를 쫑긋 세웠다. 코로나로 인해 어쩔 수 없이 비대면으로 수업을 하다보니 이런 '웃픈' 상황들이 더러 생겨났다. 그렇게 공유한 이야기들은 친구들끼리 카페에 모여 앉아 수다로 스트레스를 푸는 것만큼이나 나를 개운하게 해줬다. 회차가 거듭될수록 글쓰기 수업이라는 목적과 달리 요즘의 마음, 생각, 감정 등 뭔가를 털어놓기 위해 만난 사람들 같았다. 가장 가까운 가족에게도 하지 못할 이야기를 쓰고 낭독하며 이해받고 위로하며 관계는 더욱 단단해졌다.

PART 3.

지치지 않도록 유연하게

'건축가의 집'이란 토크 프로그램을 진행하며
건축가들에게 어떤 집이 좋은 집인지 물었다.
가장 기억에 남는 답변은 '재미있는 공간이 많은 집.'
다락방, 툇마루, 덱, 야외 욕조, 옥상 같은 공간이 있으면
일상이 다채로워진다는 의미였다.
베란다 역시 '재미있는' 공간이 될 수 있다.

_정성갑 《집을 쫓는 모험》(브.레드, 2020)

#44

좋은 집의 기준

지금 살고 있는 집에서 가장 매력적인 부분은 단연 옥상 테라스다. 4평 남짓한 꽤 넓은 공간 뒤로 수리산이 병풍처럼 펼쳐져 있다. 신축빌라라 방수처리가 안 된 곳이었지만 꼼꼼히 방수 페인트도 바르고(물론 직접 하진 않았다.) 데크(덱)도 설치하고 화단 주변에는 자갈도 깔아 인상적인 공간으로 꾸몄다. 직사각 형태의 분리된 화단에는 양재 꽃시장에 가서 흙을 30포대 사다 깔고 황금측백도 3그루 심었다. 사실 테라스에 비하면 생활공간은 좁은 편이지만 보너스 같은 테라스 때문에 이 집을 선택한 거라 남편과 나는 불만이 없다. 여름이면 아들에게 꽤 넓은 수영장을 만들어주고 겨울이면 텐트를 치고 난로를 켜 캠핑 분위기를 연출한다. 좁은 집이 답답할 때 여기 나와 있으면 마음이 탁 트이는 게 가슴속까지 시원해진다.

정성갑 작가가 쓴 《집을 쫓는 모험》을 읽으며 좋은 집이란 재미있는 공간이 많은 집이라는 부분에 공감했다. 좋은 집의 기준이 재미라면 우리 집은 단연 좋은 집이다. 앞서 말한 옥상 테라스가 그렇고 복층이라 2층 공간이 있다는 점이 그렇다. 1층 거실 한쪽에는 2층으로 올라갈 수 있게 나무 계단이 있다. 폭이 좁고 제법 가팔라서 아이가 어렸을 때는 위험해 보였지만 지금은 능숙하게 오르내린다.

처음 집을 보러 왔을 땐 2층 계단이 거실과 주방 사이에 애매하게 있어서 참 거슬렸다. 어딘가 안정적으로 보이지 않아 함께 집을 본 친정 엄마는 "이런 집에서 어떻게 살아?"라며 고개를 절레절레 내저었다. 단지 아파트 거실처럼 너른 사각 형태의 전형적인 모습이 아니었을 뿐인데 최악인 것처럼 말했다. 나도 썩 마음에 드는 구조는 아니었지만 복층과 테라스로 그 불편을 감수할 수 있을 것 같아 계약을 해버렸다. (얼마 뒤 엄마는 우리 집 테라스에서 삼겹살 파티를 할 때마다 "여기가 강원도 정선이지, 딴 데를 왜 가?"라며 그 누구보다 흡족해하신다.)

아이가 막 걷기 시작할 때는 이 계단에 머리를 부딪치지 않을까 늘 노심초사였다. 남편과 나는 1층 거실에서 왔다 갔다 할 때마다 계단 앞에서는 부딪치지 않기 위해 재빨리 고개를 살짝 기울인다. 한눈팔다가 계단에 머리를 부딪쳐 눈앞이 번쩍하는 순간을 겪었기 때문이지만 아이가 다치는 건 다른 문제였다. 다행히도 곧 8살이 되는 아이는 아직까지 단 한 번도 이 계단에 머리를 다친 적이 없다! 안방에서 제 방까지 가는 길목에 이 계단이 놓여 있는데 마구 뛰어다닐 때도 고개를 획 수그려 계단을 피하는 모습이 여간 웃긴 게 아니다. 걱정은 기우일 뿐이었다. 이 계단이 재미있는 이유는 또 있다. 신혼 때부터 키워 어느덧 10살 '묘르신'이 된 봉봉이. 이 집에 이사 오기 전에는 캣타워를 따로 설치해줬는데, 여기 이사 올 때 과감히 버렸다. 복층을 오르내리는 계단이 고양이에게 캣타워니까!

봉봉이는 때때로 높은 계단참에 누워 우리를 내려다보며 휴식을 취한다. 2층에 고양이 화장실을 둔 덕에 자연스럽게 오르내리며 운동하게 된다. (살이 안 빠지는 건 비밀) 때로는 계단을 오르내리는 봉봉이가 재미있어 하는 게 눈에 보인다.

좋은 집의 기준은 저마다 다를 것이다. "좋은 집은 재미있는 집이다."라는 문장에 밑줄 그으며 우리 집의 장점을 찾아보았다. 아파트가 아닌 빌라, 그것도 한참 외진 구석동네에 있어 부동산으로 돈을 벌 생각은 애초에 없었다. 친정 엄마는 요즘도 가끔 너희도 그때 대출을 더 받아서 아파트를 샀어야 해,라고 나는 하지도 않는 고민을 대신하시지만 그럴 때마다 내 대답은 하나다. "난 지금 이 집이 너무 좋고 여기서 사는 게 행복해. 그러니까 엄마 기준으로 우리를 안쓰럽게 여기지 마요."

개인의 라이프스타일에 맞는 집이 좋은 집이다. 적어도 우리 가족에게 이 집은 각자의 취향을 존중할 수 있어 라이프스타일에 꼭 맞는 집이다.

어린이도 볼 수 있는 프로그램이라면,
가장 외로운 어린이를 기준으로 만들어지면 좋겠다.

_김소영 《어린이라는 세계》(사계절, 2020)

#45
다양하게 행복해

아이가 최근 집에 관심이 많아졌다. 가령 이런 식이다. "엄마, 우리 집이 변했으면 좋겠어." "어떻게?" "좀 더 넓어지면 좋겠어. 우리 집은 좁잖아." 꽤 직설적인 아이의 말에 뜨끔했다. 놀란 티를 내지 않으려 애쓰며 "우리 집은 넓지 않지만 2층이고 여름에 수영장도 놓을 수 있는 테라스가 있잖아." 아이는 내 말도 일리가 있다는 듯 고개를 끄덕였지만 그 모습을 본 나는 찜찜함을 감출 수 없었다. 그러다가 버럭 목소리를 높였다. "좁긴 뭐가 좁다고 그래. 이 녀석아, 가서 방이나 정리해!"

어쩌면 언젠가 아이가 커서 이런 말을 하는 날이 올지도 모른다고 예측했기 때문에 더 당황한 건 아닐까? 대비했지만 제대로 대응하지 못했다. 아이가 내게 이런 말을 한 날은 이모 집에 다녀온 다음일 때가 많다. 이모 집은 거실이 넓고 숨바꼭질을 하면 숨을 데가 많다. 언젠가 아이가 자라면 이모 집과 우리 집을 비교할 날이 올지도 모른다고 생각은 했지만 그 시기가 예상보다 일렀다. 아이로서는 비교하는 게 당연할 수밖에 없다. 이모 집은 넓은데 왜 우리 집은 좁지? 우리 집도 커질 수 있지 않을까? 그게 부모의 경제사정에 따라 달라진다는 걸 알 리 없으니 엄마의 기분은 아랑곳하지 않고 말했을 것이다.

요즘 TV를 보면 집이 많이 나온다. 대놓고 집을 보여주기 위해 만든 프로그램도 있지만 딱히 집이 메인이 아닌데도 큰 집을 자랑하는 식으로 이야기가 전개될 때도 적지 않다. 유명 연예인이 사는 집은 대부분 크고 세련된 인테리어로 감탄이 절로 나와 나도 모르게 상대적인 박탈감을 느끼게 된다. 이런 프로그램을 아들과 함께 보기도 하기 때문에 아이는 남이 사는 집을 자연스럽게 관찰하게 된다. 그걸 보고 우리 집도 '변할 수 있다'고 생각하는 모양이다.

아이의 바람대로 우리가 아무 때고 넓은 집으로 이사할 수 있는 것도 아니니 내가 찾은 나름의 해결책은 집의 크기 대신 구조를 바꿔주는 것이다. 아이가 원하는 건 '변하는' 것이니 가구 배치를 바꿔보기로 했다. 소파와 장식장의 위치를 옮겨본다. 아이 방 책상과 서랍장 위치를 바꾸거나 산뜻한 커튼으로 교체해주기도 한다. 가구의 위치만 바뀌어도 한동안 새로운 기분으로 생활할 수 있다. 달라진 집을 보고 아이는 훨씬 좋다며 폴짝폴짝 뛴다. 원한다고 해서 다 저런 집에 살 수 없다고 가르치기도 하지만, 아이가 이해하고 받아들이기만을 바랄 게 아니라 변화를 시도해보면 어떨까? 그렇게 집 구조를 바꿔보면 부모인 나도 덩달아 기분전환된다.

사실 《어린이라는 세계》의 김소영 작가의 글에 나오는 것과 같은 이유로 〈슈퍼맨이 돌아왔다〉를 보지 않은 지 오래다. 아이들이 직접 등장하는 프로그램이다 보니 다른 누구보다 아이들이 영향을 받는다. 딴 세상 같은 큰 집도 불편했지만 식사 때마다 고기를 빼놓지 않는 밥상이나 고급 디저트를 시시때때로 먹는 아이들의 모습도 거북했다.

얼마 전 뉴스에서 3살 여자 아이가 내복 차림으로 편의점 앞에서 서성이는 걸 어느 여성이 발견하고 경찰에 신고한 일을 보도했다. 엄마가 출근하고 집에 홀로 방치된 아이는 배가 고파서 밖으로 나왔다가 잠긴 문의 비밀번호를 몰라 집으로 들어가지 못했다고 한다. 영하 12도의 날씨에 겉옷 없이 달랑 내복이 전부였다. 아이의 내복에는 스스로 어쩌지 못한 대변이 그대로 묻어있었다.

물론 예능과 뉴스에 나오는 사건을 비교하는 게 무리라는 걸 안다. 하지만 이게 현실이기도 하다. 그 어느 매체보다 아이들이 직접적으로 영향을 받는 TV 프로그램에서 잘 사는 아이들만을 보여줄 게 아니라 다양하게 사는 모습을 두루두루 보여주면 어떨까? 꼭 큰 집이 아니더라도 나와 다른 환경에서 사는 친구도 있다는 걸 매체가 골고루 보여주길 바란다. 보는 내내 부러움만을 느끼게 되는 프로그램보다 TV 속 행복이 TV 밖의 아이에게도 자연스럽게 닿을 수 있는 프로그램이 만들어지면 좋겠다.

은지는 기운이 빠져 편의점 파라솔에 앉았다.
앉으면서 뭔가를 사야 여기 앉을 수 있는 건가,
잠깐 점원 눈치를 봤다.

_김금희 《나는 그것에 대해 아주 오랫동안 생각해》(마음산책, 2018)

#46

눈치, 어디까지 볼 거니?

머리카락을 잘랐다. 어깨까지 오는 길이였는데 과감히 커트했다. 몇날 며칠 고민했지만 결국 자를 거였다. 뭘 해야지, 하면 실행할 때까지 머리에서 떠나질 않는 스타일. 딱히 긴 머리를 선호하는 건 아니지만 묶고 다니는 게 편해서 그냥 길렀다. 집에 있는 시간이 늘어나면서 외출도 안 하는데 머릴 감는 게 귀찮았고 치렁치렁한 긴 머리를 말리는 건 더 힘들었다. '나는 도대체 머리를 왜 기르고 있는가?' 긴 머리를 고수해야 하는 이유를 찾다가 자르기로 결심했다. 짧은 커트 스타일을 안 해본 게 아니다. 심지어 남편은 나더러 숏커트가 제일 잘 어울린다고 했다. 어떤 스타일로 자를까 고민하며 인스타그램으로 다양한 숏커트 스타일을 찾아보다가 최근 모델 장윤주가 한 헤어스타일이 마음에 들어 헤어디자이너에게 보여줄 요량으로 캡처해두었다.

그날 밤 언니와 카톡 메시지를 주고받으며 머리 자를 거라고 했더니 자신이 다니는 헤어숍에서 자르라고 했다. 언니는 스타일을 확 바꾸는 것이니 젊은 헤어디자이너에게 자르는 게 낫지 않겠냐며 최근에 자신을 담당해주는 스타일리스트가 바뀌었는데 참 세련되게 잘한다는 거였다. 순간 머릿속에 '그래도 될까?'라는 생각이 스쳤다. 그냥 잘한다고 하니 거기 가서 자르면 되는 건데 왜 고민이 되는 걸까? 왜 그러면 안 될 것만 같지? 단골 미용실이 있긴 하지만 그 미용실에서 머릴 해야 된다고 서약서를 쓴 것도 아닌데….

며칠 뒤 언니가 예약해둔 헤어숍에 가서 머리를 잘랐다. 젊은 헤어스타일리스트는 내가 내민 사진을 꼼꼼히 살펴보고 자신의 태블릿에 있는 모델 사진과 비교도 하며 조심스럽게 머리카락을 자르기 시작했다. 자르는 동안에도 틈틈이 내게 의견을 묻고 그대로 반영하여 마침내 내가 딱 원하는 스타일로 마무리해주었다. 긴 머리를 싹둑 잘랐더니 시원하고 마음에 들게 스타일이 잡혀서 안도했다. 잘 마무리된 헤어스타일과 달리 알 수 없는 찜찜함이 계속 나를 따라다녔다. 쿨한 척 뭐 어때? 라고 혼잣말도 해봤지만 결국 단골 미용실에서 자르지 않았기 때문에 미안한 거였다. 소심한 나는, 눈치 보는 나는, 짧게 바뀐 내 헤어스타일을 볼 단골 미용실 실장님의 마음이 신경 쓰였다. 그 미용실에 평생 안 갈 것도 아니고 염색과 아들 헤어커트는 그곳에서 계속할 거라, 머리를 다른 데서 자르고 온 걸 보면 실장님 기분이 별로이지 않을까, 혼자 앞서 나가는 것이다.

급기야 나는 실장님에게 할 변명(?)까지 생각해 놓기에 이르렀다. '언니 따라갔다가 충동적으로 잘랐어요!' 아, 나는 왜 이렇게 남의 심중까지 신경 쓰며 사는 걸까? 정작 실장님은 아무렇지 않을 텐데. 대부분 내 짐작과 달리 남들은 크게 신경 쓰지 않는다. 그걸 알면서도 이 몹쓸 남 걱정을 떨쳐버리지 못한다. 꾸준히 과감해지고 싶다. 지속적으로 남 눈치 좀 안 보고 살고 싶다. 좌우 살피지 않고 직진하고 싶다. 세상 혼자 사는 사람처럼 살고 싶다!

✳

그맘때 정말 먹고 싶었던 맛있는 음식을 먹으면
그 기억이 평생을 간다고.
엄마에겐 그게 보리 미숫가루였고,
나에겐 시금치된장국이었다.
아랫집 언니에겐 김치였으면 좋겠다. (중략)
특별할 것 없는 음식이 평생 기억에 남는 이유가 단순히
맛 때문만은 아니라는 걸. 어떤 음식은 손으로 만드는
위로 같다. 재료를 구하고 씻고 다듬고 만들어 전하는
수고로움과 누군가를 걱정하고 아끼는 마음이
한데 섞인 맛깔스러운 위로.

_고수리 《엄마를 생각하면 마음이 바다처럼 짰다》(세미콜론, 2020)

#47
평생 기억에 남을 맛

비싸고 몸에 좋은 음식도 먹어봤지만 잊을 수 없는 음식은 따로 있다. 아이를 임신했을 때 입덧이 심해서 엄청 고생을 하고 막달이 되어서야 마음껏 먹을 수 있었다. 그때는 의사가 체중을 고려해 먹는 것을 자제하라고 할 정도였다. 하지만 입맛이 너무 돌았다. 배 나올 걱정 없이(이미 많이 나와 있으니) 마음껏 먹을 수 있는 때는 지금밖에 없단 생각으로 더 먹었다. 뭘 먹어도 다 맛있었지만 뭐니 뭐니 해도 '남이 해준 밥'이 최고였다. 그중 잊을 수 없는 식사는 다름 아닌 프랜차이즈 분식집에서 먹은 한 끼다. 프랜차이즈 분식집은 지점마다 맛이 비슷하면서도 조금씩 다르다. 아마 주방에서 음식을 만드는 요리사의 손맛도 무시 못할 것이다. 당시 살던 동네의 지하철 역 바로 위에 있던 '신포우리만두'에 자주 갔다. 임신 막달 즈음 체중이 15킬로그램 이상 불어나 뒤뚱거리며 식당에 들어섰다. 내 몫으로 돌솥비빔밥과 돈가스를 주문하고 남편은 따로 메뉴를 골랐다. 남편은 "다 먹을 수 있어?"라고 묻지 않았다. 그땐 늘 메뉴 2가지는 거뜬히 해치웠으니까.

그날 먹은 돌솥비빔밥과 돈가스는 유독 기억에 남는다. 맛을 떠나 한 끼를 정말 맛있게 자~알 먹었다는 느낌이 선명하다. 고수리 작가의 문장처럼 "그맘때 정말 먹고 싶었던 맛있는 음식"이기에 그 기억이 여태 생생한 것 같다. 그날 밥이 너무 먹고 싶었다. 느끼하지 않은 음식이 당겼기 때문에 돌솥비빔밥을 주문했고 그것만으로는 허기를 충분히 채울 것 같지 않아 돈가스까지 시켰다. 각종 나물에 달걀 프라이 그리고 매콤한 고추장에 지글지글 소리가 날 정도로 뜨거운 돌솥. 매운맛을 담백하게 감싸줄 돈가스에 달콤한 소스까지. 배 속에서 맛있게 음식을 나눠먹던 아이가 어느덧 7살이 됐는데도 그날의 식사를 떠올리면 입안에 침이 고인다.

한 달 전에 남편이 아이만 데리고 1박 2일 여행을 갔다. 정말 오랜만에 주어진 자유시간에 뭘 하면 좋을지 며칠 전부터 궁리했다. 토요일 책방 근무를 마친 뒤 한가로이 버스를 타고 번화가로 나갔다. 얼마 전에 구입한 안경테에 렌즈를 넣기 위해 안경점에 들렀다가 극장에 가서 영화표를 예매했다. 혼자 영화를 보는 것도 오랜만이지만 코로나19로 극장에 간 지가 꽤 되어 그 자체로도 설렜다. 뭘 볼지 오래 고민하지도 않았다. 극장에서 홀로 영화를 본다는 것만으로도 충분했다. 영화 시작 전까지 2시간 정도 남아 저녁을 해결하기로 했다. 곧장 '신포우리만두'로 향했다. 그때처럼 2가지 메뉴를 다 먹을 자신은 없어서 고민 끝에 돌솥비빔밥 하나를 시켰다. 달라진 게 있다면 주문 방법이 키오스크로 바뀌었다는 것뿐 음식 맛은 그대로였다. 숟가락을 움직일수록 줄어드는 밥을 아쉬워하며 한 톨도 남기지 않고 박박 긁어 먹은 뒤 숟가락을 내려놓는데 그때만큼 만족스러웠다. 산해진미 아니면 어때. 먹고 싶은 걸 제때 먹는 것만으로도 이렇게 좋은걸. 자주 없는 자유를 만끽하며 집에 돌아가는 길, 편의점에서 맥주를 사는 것도 잊지 않았다.

✳

돈 때문에 전전긍긍하던 시기를 지나니
전보다 객관적으로 상황을 바라볼 수 있게 되었다.
사람들이 돈을 좋아하는 진짜 이유는
자유와 용기를 주기 때문이다.
싫은 걸 덜 할 수 있는 자유. 싫은 건 싫다고 말할 용기.
돈이 생겨서 좋은 부분은 돈에 대해 생각하는 일이
확연히 줄어들었다는 거였다. 일상의 제약이 열어졌다.
간당간당한 잔고를 외우고 있지 않아도 되니까.

_정문정 《더 좋은 곳으로 가자》(문학동네, 2021)

#48

너무 걱정 마,
앞으로는 계속 좋아져

결혼한 개그맨 커플이 알콩달콩 지지고 볶는 일상을 보여주는 예능프로그램 〈1호가 될 수 없어〉를 즐겨 본다. 가끔은 억지스럽지만 보는 내내 시간 가는 줄 모른다. 그저 웃기기만 한 건 아니고 여느 관찰예능이 그렇듯 가끔씩 엿보게 되는 그들의 삶이 나와 다르지 않아서일 때가 많다. 언젠가 심진화, 김원효 부부 편에 심진화의 어머니가 출연했다. 셋이 모여 맛있는 간장게찜을 먹다가 그 자리에 없는 아버지에 대한 이야기를 하던 중 심진화가 울먹이며 말했다. "지금 이렇게 잘 사는데, 지금은 돈 적어도 되니까 그때로 좀 나눠줬으면 좋겠어."

그 말이 유독 와닿았다. 그러게… 예전엔 왜 그렇게 돈이 없었을까?

통장에 여윳돈이 단돈 100만원만 있으면 좋겠다고 생각한 시절이 있었다. 둘이 좋아서 결혼을 했는데 둘 다 모아놓은 돈이 없었다. 신혼집도 오피스텔 원룸에서 시작했다. 세탁기, 냉장고 등 큼지막한 가전은 다 빌트인이어서 가능했다. TV 한 대, 침대 하나, 화장대 하나. 그렇게 시작했다. 냄비, 국자, 필요한 건 그때그때 사면서 살자고 했다. 둘이 벌어서 각종 공과금과 보험료 내고 양가 어머니께 다달이 용돈 드리고 카드 값을 내면 남는 게 없었다. 현금이 너무 부족했다. 당시에 몰던 차에 하이패스가 없어서 톨게이트에서 매번 현금으로 결제했는데 간혹 지갑에 현금이 없어서 난감했던 적이 한두 번이 아니다.

하루는 별 생각 없이 교외로 드라이브를 갔는데 차에 기름이 똑 떨어졌다. 신용카드는 한도초과에 현금도 모자랐다. 왜 이렇게 대책 없이 나왔을까 싶어 울고 싶었다. 이런 상황에 대비하지 못한 나도 나지만 돈에 관해서는 남의 집 일처럼 관심 없는 남편도 원망스러웠다. 차에 있는 지폐와 동전을 그러모아 간신히 주유를 하고 집으로 돌아왔다. 현금으로 2, 3만원씩 갖고 다니는 친구들이 부러웠다. 내가 20대 초반도 아니고 30대 초반에 결혼했는데 왜 형편이 이 모양인지 어이 없고 한심하기 짝이 없었다. 둘이 벌면 풍족해야 하는 거 아니야? 우리가 씀씀이가 헤픈 것도 아닌데. 겉보기에는 걱정 하나 없이 사는 것처럼 보였겠지만 통장에 50만원의 여윳돈만 있어도 숨통이 트일 만큼 빠듯했다.

지금은 통장에 현금도 어느 정도 있고 먹고 싶은 것 사고 싶은 것 큰 고민 없이 살 수 있는 형편이 되었다. 그렇다고 갑자기 삶이 대단히 풍요로워진 건 아니지만 세 식구 오붓하게 살 수 있는 작은 집도 장만했으니 살 만해졌다,라고 할 수 있을 정도는 됐다. 9년이 걸렸다. 나도 지금 가진 돈을 과거의 나에게 좀 나눠주고 싶다. 그때 부족했기 때문에 더 열심히 살기로 다짐한 계기가 되었다. 사람들은 지금보다 젊은 시절로 다시 돌아가고 싶다고 말하지만 나는 그렇지 않다. 오늘이, 지금이 제일 행복하다. 그럴 수만 있다면 살림이 여의치 않던 신혼시절, 자주 막막한 기분으로 한숨 짓던 나에게 "너무 걱정 마. 앞으로는 계속 좋아져."라고 귀띔해주고 싶다. 해결도 안 되는 근심으로 잠 못 이루던 나에게 걱정은 줄이고 좀 더 재미있게 하루를 보내도 된다고 말해주고 싶다. 진짜 그러고 싶다.

✳

이런 마음으로 포기했다. '있는 것을 챙기자.'
추수가 끝난 황량한 논에 떨어진 쭉정이 벼 이삭을 줍는 심정으로 별 볼 일 없지만 내 마음에 작은 기쁨을 주는 일, 내가 좋아하는 소소한 것들을 했다. (중략)
이것 역시 '열심히'는 아니고 충분히 자고, 웃고, 떠든 다음 남는 시간에만. 그랬더니 그게 모여서 꽤 그럴싸한 나만의 무언가가 생겼다.

_박혜윤 《숲속의 자본주의자》(다산초당, 2021)

#49

내 마음에 작은 기쁨

잘할 수 있는 거 몇 없지만 그래도 손꼽으라면 '포기'다. 포기를 잘한다. 하완 작가의 책《하마터면 열심히 살 뻔했다》에 있는 말처럼 "용기 내어 포기한다." 굳이 용기를 내야 할 만큼 어려운 정도도 아니다. 조금 하다가 내 한계에 부딪치면 "못 할 것 같은데?"라고 생각해버린다. 그리고 손을 탁 놔버린다. 청소, 요리 다 그렇다. 잘할 수 있는 분야가 아니라고 생각해버리면 그만이다. 내가 좋아하고 잘하는 것 하면 되지,라고 넘긴다. 지금 이 글을 쓰고 있는 곳, 식탁 정리부터 포기다. 온갖 것이 다 올라와 있다. 노트북과 책, 소형 선풍기, 어제 먹다 남은 포도, 전기포트, 액자, 커피, 약, 과자, 물티슈. 심지어 초파리 잡는 트랩까지! (과일을 치우지 않아 초파리가 날리나 보다.)

크지 않은 식탁에 이렇게 많은 사물이 널려 있는데 글을 쓴다. 이건 내가 잘하는 거다. 지저분한 가운데서 글쓰기. 말끔하게 정리하는 건 못하지만 그걸 보며 한숨 푹푹 쉬지 않고 그냥 깔끔히 난 정리 못해, 하고 포기한다. 그런 다음 내가 할 수 있고 해야 하는 걸 한다. 지금은 그게 원고 마감이다! 시간이 없어서 그런 거 아니냐고 물을지도 모르겠다. 아니다. 늘 이렇다. 욕실, 침실, 거실, 아이 방 모두 정리를 하다만 상태다. 그 컨디션까지가 내가 할 수 있는 최선이고 그 이후부턴 내가 포기한 상황인 것. 이게 내 스타일이라고 받아들이면 편하다. 다만 함께 사는 사람들이 그걸 이해하고 존중해줘야 하는데 다행히 잔소리하는 경우는 극히 드물다. 내가 잘하는 것도 있으니까. 그건 바로 설거지 밀리지 않기. 정리는 못해도 설거지는 바로바로 하고 세탁기도 잘 돌린다. 그 정도는 해야 사람 사는 꼴이 된다.

생필품 주문도 잘한다. 물, 세제, 자주 먹는 식료품 등 떨어지기 전에 사놓고 누가 뭐 필요하다고 하면 휴대폰 들어 '바로' 주문한다. 그게 뭐 잘하는 거냐고? 왜 잘하는 게 아닌가? 그게 따지고 보면 엄청 귀찮다. 가끔은 나 말고 이런 거 매번 챙겨주는 사람이 있으면 좋겠다고 생각한다. 화장지는 베란다에서 샘솟는 게 아니다. 내가 떨어지기 전에 사놓는 거다. 시원한 보리차? 우유? 내가 '손품' 팔아서 주문하니까 집에 있는 거다. 각종 공과금, 보험료, 아이 학원비 등 매월 제 날짜에 내는 것도 잘한다. 이것저것 따져서 절삭 같은 거 못하고 보험료를 아낀다거나 더 합리적인 방법으로 아이를 가르치는 건 못하지만, 돈 내는 건 잘한다. 딱 이 정도에 만족한다. 자동이체해 놓으면 편리하지만 이 방식으로 돈 내는 걸 좋아한다. 아날로그로 다이어리에 적어놓고 세금 낸 다음에 'OK' 표시하면 기분 좋다. 《숲속의 자본주의자》를 쓴 박혜윤 작가의 말처럼 이것들이 바로 '내가 좋아하는 소소한 일'이다. 이 글을 읽는 누군가 이게 무슨 대단한 일이라고? 별거 아니잖아? 라고 말할 수도 있다. 그치만 이 별거 아닌 일을 하는 걸 좋아한다. 그럼 됐지 뭐.

늘 새 집처럼 깔끔하게 살림하고 적은 돈도 아껴 알뜰하게 사는 사람도 있다. 그러한 삶의 방식이 그들에겐 스트레스 해소이자 그들이 '잘하는 소소한 일'일 것이다. 그걸 포기하고 적당히 사는 나 같은 사람도 있다. 어휴 얼마나 편한지. 포기할 건 포기하자. 못하는 게 있으면 잘하는 것도 있지. 대단한 걸 잘하려고 하지 말자. 작은 일이라도 당신을 기쁘게 하는 일이 분명히 있다. 그것에 만족하면 삶이 풍요로워진다. 큰일은 잘하는 사람이 따로 있다. 나 같은 사람은 작은 일을 하며 소소하게 기뻐하면 된다.

*

몇 개의 걱정거리. 심각한 것도 있고 바로 해결될 듯한 것도 있다. 하지만 지금, 이곳에 있는 나는, 이곳에 있는 나이다. 걱정거리는 '아련하고 쓸쓸함' 속으로 던져버리고, 산책해도 좋으리라.

_마스다 미리 《이제 아픈 구두는 신지 않는다》(오연정, 이봄, 2020)

#50

요즘 이런 시간 필요하지 않았어?

하루하루 빠듯하게 살아가는 워킹맘이다 보니 일상에 여유라는 게 딱히 없다. 일정이 있으면 시간 계산을 철저히 해서 돌아다녀야 한다. 가능하면 모든 일은 아이가 어린이집 간 사이에 해결하려고 한다. 가급적 육아에 남의 손을 빌리지 않으려고 한다. 회사 다닐 때 너무 많이 빌렸기 때문이기도 하다. 볼일이 있어 서울에 가도 아이가 학원 마치는 시간인 5시 전에는 돌아와야 한다. 신데렐라처럼. 요즘 말로 '애데렐라'다. 우연한 만남이랄 게 거의 없는 삶이지만 우연이 생겨도 아이 생각을 하면 달갑지 않다.

이렇게 나사 조이듯 꽉 조인 삶을 사는 나에게 얼마 전 생각지 못한 여유가 생겼다. 일정 때문에 한번 고사했던 곳에서 재차 강연 요청이 왔고 거절하는 것이 죄송스러워 수락했다. 강연 시작이 밤 9시여서 집에서 저녁을 먹고 출발할 참이었는데 그날따라 낮부터 폭설이 내렸다. 밤늦게 끝나는 강연이라 차를 가지고 갈 생각이었는데 내리는 눈을 보니 운전할 엄두가 나지 않았다. 어쩔 수 없이 지하철을 탔다. 오랜만에 지하철에서 책 읽을 생각을 하니 살짝 설레기도 했다. 홍대입구역에 도착해 시계를 보니 1시간가량 틈이 생겼다. 코로나19 확산 방지로 카페에서 음식물 섭취가 금

지된 때여서 남은 시간을 어떻게 보내야 할지 난감했다. 예상치 못한 여유로움이 당황스러웠지만 한편으로는 값지단 생각에 알차게 쓰고 싶어졌다.

일단 역 주변에 있는 '올리브영'에 가서 (흰 머리 뽑을) 족집게와 눈썹 정리 칼을 샀다. 다른 것도 둘러보며 여유롭게 스몰쇼핑을 마치고 근처 휴대폰 케이스 매장으로 갔다. 휴대폰 바꿀 때 서비스로 준 투명 케이스가 누렇게 변색돼 바꾸고 싶었다. 각양각색의 휴대폰 케이스 사이를 느린 발걸음으로 누비며 마음에 드는 걸 골랐다. 남은 30분은 연남공원길을 산책하기로 했다.

폭설이 지나간 자리에는 포슬포슬한 눈이 예쁘게 쌓여 있었다. 공원에는 산책하는 사람들이 드문드문 있었다. 그 사이에 나도 껴서 느릿느릿 걸었다. 걷기 힘들 만큼 춥지 않아서 다행이었다. 입고 나온 갈색 모직 코트가 더 따뜻하게 느껴졌다. 미끄러울까봐 구두 대신 신은 운동화는 산책에 제격이었다. 늘 아이와 함께 걷다가 혼자 걸으려니 영 어색하면서도 홀가분했다. 아이의 손을 잡지 않고 챙기지 않아도 되는, 두 손을 코트 주머니에 쏙 넣은 채 천천히 걷는 게 마냥 행복했다. 절로 콧노래가 나왔다. 공원 곳곳에 사람들이 연신 뭔가를 찍기에 살짝 가서 보니 최근 유행하는 눈오리(오리 모양의 플라스틱 틀에 눈을 넣어 찍어내듯 만든 것) 수십 개가 진열돼 있었다. 공원은 소리 없이 내리는 눈만큼 차분하고 조용했다. 집콕이 답답해 나온 사람들도 잠시나마 그 상쾌함을 만끽하는 듯했다. 공원은 마치 커다란 스튜디오 같았다. 대사 없는 배우들이 주변을 자유롭게 거닐고 있었다. 야외고 추운 날씨지만 분위기만큼은 포근했다. 시간이 꽤 흐른 것 같아 휴대폰 시계를 보니 약속 시간 10분 전이었다. 가로등 아래 서서 좀 전에 찍은 귀여운 눈사람 사진을 인스타그램에 업로드했다. 나만 보기 아까운 눈사람을 공유하고 싶었다. 그날 경험한 여유는 누군가가 갑자기 생각났다며 내게 건넨 선물상자 같았다. '요즘 이런 시간 필요하지 않았어?'라고 말하며 준 뜻밖의 선물.

✳

"당신의 감정보다 동생분 살길이 더 중요한 거죠?"
나는 고개를 끄덕였다.
"당신의 행복보다 가족이 더 중요하고요?"
나는 또 고개를 끄덕였다.
"내가 짐을 나눠 짊어지는 것도 싫고요?"
끄덕끄덕.
"도대체 나는 왜 그 가족 안에 포함시켜주면 안 되냐고요!"
혹시라도 그러자고 할까 봐, 제발 나를 도와달라고 할까 봐 나는 입술을 꽉 깨물고 신음을 삼켰다.

_김이설 《우리의 정류장과 필사의 밤》(작가정신, 2020)

#51

그때 그 말 해줘서 고마워

빼놓을 수 없는 소설의 재미 중 하나는 내가 겪은 상황이 작가의 이야기로 탄생되는 것 아닐까. 늘 듣던 도서 팟캐스트 〈책읽아웃〉에서 김이설 작가의 《우리의 정류장과 필사의 밤》에 대한 소개를 들었다. 끝까지 다 듣지도 않고 멈춤 버튼을 눌렀다. 스포일러를 막기 위해서. 나는 곧장 온라인서점에 접속해 책을 주문했다. 빨리 읽고 싶었다. 다음 날 책을 받고 단숨에 읽었다. 경장편 소설이라 서너 시간 안에 다 읽을 수 있었지만 그 여운은 꽤 오래갔다.

대학을 졸업하고 딱히 취업하고 싶은 곳을 찾지 못했을 때 나는 미술학원에서 아이들을 가르치며 하루하루를 때웠다. 아이들을 가르친다는 사명감이나 보람은 없었다. 그냥 성실히 다녔다. 오후 1시에 출근하는 곳이다 보니 식구들도 번듯한 직장이라 여기지 않았다. 당시 우리 집은 엄마와 나 그리고 맞벌이 부부인 언니네 세 식구가 함께 살고 있었다. 여건상 맞벌이를 포기할 수 없던 언니 부부는 아이 보육에 대해 고민했고 나는 며칠을 고민하다가 언니에게 "내가 도와줄게."라고 '쉽게' 말했다. 그땐 친정엄마도 일을 하고 있었기 때문에 변변치 않은 직장에 다니는 내가 조카를 돌보는 게 그렇게 이상한 모양새도 아니었다. 내 말을 들은 언니와 형부는 미안해하면서도 조금 안도하는 듯했다. 내 아이를 낳아 키우는 지금도 육아에 대해 잘 모른다고 생각하는데 신생아를 제대로 안아보지도 않았던 내가 선뜻 조카를 키워보겠다고 말할 수 있었던 건 어떻게든 가족에게 도움이 되고 싶었기 때문이다. 더불어 직장에 다니는 것보다 집에서 아이를 키우는 게 더 쉬울 거라고 맹랑하게 생각했다. 고민 끝에 내린 결정을 당시 남자친구에게 말했고 그는 내 이야기를 찬찬히 듣고 좀 더 생각해보는 게 어떻겠냐고 답했다. 제삼자인 그는 내가 인생을 좀 더 멀리 보길 원했고 나는 예상 못한 그의 반응에 좀 더 시간을 두고 결정하겠다고 말했다. 며칠 후 여느 때처럼 전화통화로 하루를 마무리하던 중 그가 조심스럽게 말을 꺼냈다. "그건 아닌 것 같아. 네가 언니의 아이를 돌보는 거 말이야."

《우리의 정류장과 필사의 밤》에 나오는 주인공의 '그 사람'처럼 나의 남자친구도 나를 말렸다. 그때 나는 정신이 번쩍 들었다. 내가 지금 뭘 한다고 한 걸까? 그날 밤 우린 꽤 긴 시간 통화하며 이야길 나눴다. 나는 그에게 알겠다고 답한 뒤 전화를 끊고 깊은 생각에 잠겼다. 가족에게 도움주고 싶단 이유로 중요한 시기일지도 모르는 내 인생 몇 년을 육아하고 살림만 하며 지낼 수 있을까? 육아의 끝이 있을까? 끝이 있다면 그 이후에 나는 다시 새로운 일을 시작할 수 있을까? 다음 날 언니에게 밤새 내가 내린 결론을 말하며 약속을 번복했고 언니는 아쉬워하면서도 이해해줬다. 그때 그가 내게 그렇게 말해주지 않았더라면 내 인생은 지금과 조금 다른 모습이었을 것이다. 다시 생각해보라며 브레이크 걸어준 그가 고마웠다. 누군가의 한마디가 인생을 바꿔놓을 수도 있다.

소설 《우리의 정류장과 필사의 밤》의 주인공은 조카 둘을 도맡아 키우며 밥하고 빨래하던 3년여의 시간을 매듭짓고 집에서 독립한다. 우리의 삶은 이토록 다양하다. 사람들의 인연과 일상은 상상할 수 없이 여러 갈래로 나뉘어있다. 결혼하지 않은 여자가 이혼한 동생의 아이를 키우는 것처럼 말도 안 되는 것 같지만 소설 같은 삶을 사는 그런 인생이 실재한다. 나는 그래서 이 소설이 더 좋았다. 어이없는 설정 같지만 진짜 있는 이야기를 써줘서. 무엇보다 그런 삶에서 자신이 가장 좋아하는 것(이 소설에선 시 쓰기)을 놓치지 않고 사는 주인공의 모습을 보여줘서 감사했다. 이 책을 읽으며 잠시나마 소설 속 주인공처럼 조카를 돌보려던 어린 나와 그 시절을 함께하며 고민을 나눴던 그를 떠올렸다. 책이 그때의 우리를 소환했다.

그러나 글 쓰는 부족 사람은 내 작품을
세상에 내놓는 데서 오는 스트레스, 글쓰기와 책
판매에의 도전, 또 다른 일감을 확보해야 한다는
압박감을 이겨내는 데 도움을 준다. 그들은 나와
얼굴을 마주한 채 글쓰기의 오르내림과 기쁨과 실망을
이야기하고, 나의 글이 지닌 결함까지 솔직하게
털어놓을 수 있는 편안한 피난처가 되어준다.

_브라이언 로빈슨 《하루 쓰기 공부》(박명숙, 유유, 2020)

#52

천장을 보고 있는 당신에게

루틴을 거부하고 싶은 날이 있다. 아이를 어린이집에 등원시키고 집에 다시 들어와 씻고 집안 정리를 한 뒤 책방으로 출근하는 게 나의 하루 루틴이다. 그날은 전전날부터 쌓인 피로를 못 이기고 아이 등원 후 다시 침대 위에 벌러덩 누워버렸다. 다시 의자에 앉아야 하는데 엄두가 나질 않았다. 목과 어깨 그리고 등까지 이어지는 고통이, 경험했던 통증이 상상되고 반복될 거라 생각하니 겁부터 났다. 누워서 글 쓴다는 작가들의 말을 좀처럼 이해하지 못했는데 몸이 망가지고 나니 절절이 이해됐다. 나는 수시로 누워야 그나마 몇 줄이라도 쓸 수 있었다. 2, 3일 동안 연재 원고 마감과 카피라이팅 서면 피드백 때문에 몸을 혹사시켰더니 여지없이 통증이 찾아왔다.

오전 11시. 책방 출근을 포기하고 오늘은 그냥 집에서 쉬어야겠다고 판단한 나는 그대로 이불을 덮고 눈을 감았다. 포근한 이불 속에 뻣뻣했던 몸을 뉘었더니 조금 살 것 같았다. 일어나기 싫었다. 그때부터 시간은 뒤에서 누가 쫓아오는 것처럼 빠르게 흘렀다. 잠깐 눈 붙였다 떠보면 오후 1시. 조금만 더 누워 있다가 일어나야지 하고 눈 뜨면 2시였다. 아이를 데리러 가야 하는 4시가 얼마 남지 않았을 때까지 나는 아침도

굶고 침대에 꼼짝없이 누워만 있었다. 청소도 좀 해놓고 씻어야 데리러 갈 수 있는데… 라고 생각하며 천장만 하염없이 바라봤다. 나는 애잔한 지금의 상황을 누구에게라도 알리고 싶어 인스타그램에 안방 천장 사진을 찍어 올렸다. 등과 어깨가 아파서 못 일어나고 있는데 곧 아이가 올 시간이라는 짤막한 메시지도 덧붙였다. (삭제하면 그만이지만) 계속 붙박이로 있는 피드에 올리기엔 너무 오래 징징거리는 것처럼 보일 듯해 24시간 후에 지워지는 스토리에 업로드했다.

휴대폰을 침대 위에 떨구고 다시 천장을 바라보며 일어나야지, 하고 몸을 재촉하는데 DM 알림이 울렸다. 내 아들과 비슷한 나이대의 쌍둥이 아들을 육아하며 글을 쓰는 고수리 작가였다. 그는 내 스토리에 공감하며 자신도 지금 침대에 누워 있노라고 침실 천장 사진을 내게 보냈다. 동그란 천장 조명이 달처럼 떠 있었다. 그 또한 아이들 하원할 시간인데 침대에서 못 일어나고 천장만 보고 있다가 내 스토리를 보곤 반가워서 메시지를 보냈단다. 너무 '웃픈' 이 현실이 따뜻하다 못해 전우애로 따끈했다. 순간 단단한 동지애를 느낀 나는 침대에서 벌떡 일어날 힘마저 생기는 위로를 받았다. 나 혼자가 아니라는 그 사실 하나만으로도 얼마나 든든하던지. 날 이해해주는 한 사람만 있어도 살만하다더니. 고수리 작가가 그런 존재였다. 시계를 보니 3시가 넘었다. 우리는 서로를 토닥이며 이제 일어납시다, 하고 서로의 손을 잡아 이끌어주었다. 한 번도 만난 적 없지만 인스타그램에 종종 남기는 글과 사진으로 우린 한마음이란 사실을 알 수 있었다.

의자에 앉아있을 수 없어서 누워 있어야 하는 글 쓰는 사람의 신체를 나와 가장 가까운 가족도 이해하지 못한다. 그저 파스를 붙여라, 병원을 가봐라, 운동을 해라 같은 말만 할 뿐이다. 구구절절 설명하지 않아도 되는 '나의 부족'들이 있어서 그나마 위안이 된다. 어떻게 모두가 나를 이해해줄 수 있을까? 단 한 명이라도 나와 비슷한 형편에 있는 누군가가 내 처지를 알아주면 그걸로 충분하다.

✳

그는 자신이 무지하다는 생각, 자신이 말하려고 하는 건 누군가 이미 말했다거나 자신은 이런 의견을 낼 만큼 깊이 있는 통찰력을 갖지 못했다는 걱정 없이 일단 자유롭게 써 내려갔다. 한 가지 문제, 즉 실수를 하거나 망칠지 모른다는 이 평생의 두려움에 초점을 맞추자 그의 글쓰기 생활이 아주 많이 달라졌다.

_에릭 메이젤 《글쓰기의 태도》(노지양, 심플라이프, 2019)

#53

잘 쓰는 방법? 컴퓨터부터 켜시죠

찬찬히 책방을 둘러본 손님들은 밑줄서점에 글쓰기 관련 책이 많다는 걸 알아챘다. 나는 글쓰기 책에 병적으로 집착한다. 혹여 내가 그 책을 놓침으로써 알지 못하게 되는 노하우가 있을까봐 보이는 족족, 출간 소문을 듣자마자 쟁여둔다. 최근에 읽은 글쓰기 책 중 가장 인상적이었던 책은 《글쓰기의 태도》이다. 이 책의 부제는 "꾸준히 잘 쓰기 위해 다져야 할 몸과 마음의 기본기"이다. 부제목에서 전해지듯이 작법서라기보다 글을 쓸 때 가져야 할 마음자세 즉 어떤 태도로 글쓰기라는 작업에 임해야 하는지에 대해 소상히 적혀 있다. 한동안 글이 써지지 않아 미치기 일보 직전일 때 이 책을 접하곤 이틀 만에 다 읽었는데 실제로 많은 도움을 받았다.

사실 작법서를 읽고 미문을 쓰거나 완벽한 스토리를 구상하는 것도 필요하지만 그에 앞서 우리에게 진정으로 필요한 건 글을 쓰고자 하는 자세다. 세상에는 수많은 작가가 존재하고 저마다 고유의 개성과 감각적인 문체로 다양한 책을 집필한다. 하지만 이건 결과다. 한 페이지를 쓰기 전에 우린 책상 앞에, 노트북 앞에 앉아야 하는 거다. 연필을 손에 쥐지 않으면, 키보드에 손을 얹지 않으면 글을 쓸 수 없다. 바로 행동이다. 그런데 우리는 행동 이전에 무너진다. 준비의 문턱에서 좌절부터 한다. 결국 쓰지도 않으면서 불안해하고 걱정하고 두려워한다. 하지만 막상 키보드를 조금만 두드려보면 그 모든 걱정이 눈 녹듯 사라진다는 걸 우린 경험으로 알고 있다. 나 또한 여러 번 체험했다.

> ***하지만 그런 어려움 앞에서도 글을 쓰기로 결심하고 매일 컴퓨터를 켬으로써 오히려 아픔을 극복해 나갈 수 있다.***
> *_《글쓰기의 태도》 163쪽*

그러니까 이 책은 아름다운 문장을 쓰지 못해 걱정하기 전에 일단 컴퓨터를 켜라고 말하는 책이다. 너무 당연해서 그냥 지나쳤던 것. 노트북을 켜고 키보드 위에 손을 올리면, 그거면 된다고 말이다.

✳

마음속을 들여다보면 제각기 고민도 있겠지만, 그러나 이렇게 공연을 보고, 돈가스를 먹고(그후 케이크도), 올해도 좋은 한 해 보내자고 서로 웃으며 집으로 돌아온다. 그럴 때면 '인생의 의미' 같은 것을 조금쯤 발견한 것 같은 기분이 든다.

_마스다 미리 《전진하는 날도 하지 않는 날도》(권남희, 이봄, 2015)

#54

택배를 가장 빨리 받는 방법

잠시 숨 돌릴 요량으로 보여준 키즈 유튜브가 발단이었다. 아이는 공룡 레고 동영상을 보고 같은 걸 사달라고 조르기 시작했다. 내 꾀에 내가 넘어갔다. 몇 날 며칠을 졸졸졸 따라다니며 '인도미누스 렉스' 레고를 사달라고 했다. 최근에도 한차례 장난감을 처분한 터라 신중해야 했다. 그래, 그럼 얼마인지 검색이나 해볼까? 하고 검색창에 낯선 공룡 이름을 썼다. 아이는 재빨리 내가 보던 휴대폰을 빼앗아 직접 찾아보겠다고 나섰다. 그럼 네가 본 걸 찾아봐,라고 말하고 곁에서 기다리는데 "찾았다!" 하며 내게 휴대폰을 넘겼다. 대형이라고 적혀 있는데 가격이 착했다. 아이는 이게 맞다며 발을 동동 구르기 시작했다. 아이가 본 영상 속 공룡 레고는 정품 레고지만 검색에서 찾은 건 가품이었다. (그런 얘기는 굳이 할 필요 없다.) 아이에게 재차 물었다. "이게 맞아?" 목이 부러져라 고개를 끄덕이는 아이에게 그냥 사줄 순 없지,라며 "이거 사주면 스스로 밥 먹고, 잘 자고, 치카 잘 하고… 또 뭐 있지? 아무튼 엄마 말 잘 듣는 거다!" 지금 당장이야 무슨 약속을 못하겠는가. 아이는 알았으니 어서 주문해달라고 성화였다. 결제 버튼까지 누르고 "주문했어."라고 말했다. "그럼 내일 와?" 아이는 눈을 반짝이며 물었다. "아니. 이건 며칠 걸려. 언제 올지 엄마도 잘 몰라." 아이는 믿기 싫다는 표정이었다.

다음 날 아침. 아이는 눈 뜨자마자 현관문을 열어 밖을 내다보았다. 내가 새벽배송으로 물건 받는 걸 몇 번 보더니 모든 택배는 다 이른 아침, 산타의 선물처럼 문 앞에 와 있는 줄 안다. "아유, 엄마가 며칠 걸린다고 했지. 이건 그렇게 빨리 오는 택배가 아니라니깐. 좀 기다려." 아이는 실망했다. 그날 어린이집에 다녀온 아이가 "엄마, 내일은 올까? 내일 아침에?" 하고 물었다. 처음에는 고분고분 답해주던 나는 평소보다 몇 배 더 심하게 조르는 아이에게 살짝 짜증이 났지만 콧구멍을 벌름거리며 꾹 참고 말했다.

"서하야. 기다리는 공룡 레고를 가장 빨리 받을 수 있는 방법이 있어. 뭔 줄 알아?" 아이는 그게 뭔지 빨리 말하라는 재촉의 눈빛을 발사했다. "그건 바로 잊는 거야." 아이는 고개를 갸우뚱했다. "그 레고를 까맣게 잊고 있으면 물건이 와. 그게 가장 빠르게 받는 방법이야." 알 수 없는 해답에 김이 샌 아이는 엄마가 지금 뭔 소릴 하는 건가 하면서 제 방으로 건너갔다. 아들아, 이게 다 수년간 오매불망 택배를 기다려온 엄마의 경험에서 나오는 바이브란다. 새겨들어!

**지금 '오늘의 때'를 밀지 않으면 나중에는
'오늘의 때'를 밀 기회가 다시 오지 않는다는 것을 아는,
순간의 소중함을 놓치기 싫어하는 이였다.**

_정혜덕 《아무튼, 목욕탕》(위고, 2020)

#55

기억나? 마스크 쓰고 목욕한 거

잊을 만하면 한 번씩 목욕탕이나 사우나에서 확진자가 나왔다는 기사가 방송됐다. 마스크도 제대로 쓸 수 없고 사람이 많이 모이는 대중목욕탕을 한동안 닫으면 안 될까? 하는 생각을 하던 차에 남편이 뭔가를 찾아보곤 이렇게 말했다. "목욕탕은 문을 닫지 못하게 돼 있대. 온수가 나오지 않는 집에 사는 취약계층과 현장 노동자들이 목욕탕에서 씻지 못하면 씻을 공간이 없어서." 더 깊이 생각하지 못한 나는 아차 싶었다. 온수 나오는 집에 사는데도 목욕탕이 이렇게 가고 싶은데 그렇지 못한 사람들은 오죽하랴. 그나저나 석 달 이상 목욕탕에 못 가고 집 욕조에서 어찌어찌 씻긴 했는데 영 개운하지가 않았다. 때를 박박 밀어도 벌겋게 아프기만 하고 하루 이틀 지나면 제대로 밀지 않은 때가 허옇게 일어났다. 워낙 건성피부이기도 하지만 때도 때라서 아무리 바디오일을 듬뿍 발라도 성에 차지 않았다.

일요일 아침 8시 반에 눈을 뜬 나는 아이가 자는 침대를 살며시 빠져 나와 목욕가방을 챙겼다. 도저히 참을 수 없어. 몸, 아니 내 삶이 개운해지려면 목욕탕에 가야 해! 남편에게 "여보 나 목욕탕 다녀올게!"라고 전장으로 향하는 군인처럼 의미심장하게 말했다.

남편은 꼭 가야겠냐며 말리고 싶었겠지만 내 표정이 너무 진지해서인지 그러라고 했다. 일요일 아침인데도 목욕탕 주차장에는 차가 빼곡했다. 운 좋게 하나 남은 자리에 주차하고 카운터로 들어섰다. 체온을 재고 명부를 작성했다. 마스크를 쓴 채 옷을 훌훌 벗으며 뿌연 수증기 너머 탕 안을 살폈다.

그런데 이게 웬일. 사람들이 다 마스크를 쓰고 있었다. 목욕탕 안에서 마스크를? 그게 가능하다고? 가장 먼저 든 생각은 이게 젖으면… 쓰고 나갈 마스크가 없는데,였다. 내 머릿속 걱정을 듣기라도 한 것처럼, 카운터 이모님이 "마스크 없으면 드려요!"라고 말하는 것 아닌가. 안심됐다. 내가 마스크를 쓰고 들어가도 다른 사람들이 굳이 여기서까지? 하며 눈총을 줄까 봐(하긴 그런 시기는 진즉에 넘어섰지만) 걱정했는데 예상과 달리 당당히 마스크를 쓰고 목욕을 할 수 있었으며 중간 중간 아주머니들이 웃고 떠드는 소리가 들리면 카운터 이모님이 들어와서 "마스크 쓰고 대화하는 거죠?"라고 주의를 줬다. 누구 하나 항의하는 사람 없이 모두의 안전을 위해 습하고 답답하지만 꾹 참으며 마스크 쓴 채 목욕했다. 나는 탕에 들어가고 때를 밀 때까지 얼굴 닦는 것을 가장 뒤로 미루고 계속 마스크를 쓰고 씻었다. 마무리 비누칠 샤워를 하고 머릴 감고 세수할 때가 되어서야 마스크를 잠시 벗었다. 마스크도 제법 젖어있었다. 나는 재빨리 샤워를 마치고 나가 카운터에서 새 마스크를 얻어 썼다. 알몸에 마스크 쓴 모습이 두고두고 안 잊힐 것 같지만 과연 이런 날도 있구나 싶었다. 불편을 감수하면서 일상을 버텨내는 사람들에게 박수를 쳐주고 싶었다.

그날 이후 방수 마스크를 구매했다. 목욕탕에 자주 갈 순 없지만 갈 때만이라도 전용으로 사용하려고. 어서 빨리 코로나19가 종식돼서 '그땐 마스크 쓰고 목욕했어!' 하는 날이 오면 좋겠다. 어서 이 시국이 과거가 되면 좋겠다.

✳

그 얼굴을 한참 쳐다보았다. 어떻게 표현해야 좋을지 모르겠다. 생의 허무를 깨달아버린 듯도 하고 이제야 비로소 한시름 쉬는 것도 같고. 그냥 아무 생각이 없는 것 같기도 하고. 소금도 후추도 들어가지 않은 곰탕처럼 맹맹하면서도 다만 깊은 그런 얼굴.

_요조 《실패를 사랑하는 직업》(마음산책, 2021)

#56

시크한 게 매력이야

오늘 내가 밑줄 친 이 부분은 저자의 부모님 댁에서 키우는 개에 대한 부분이다. 그러니까 그가 한참 쳐다본 얼굴은 개의 얼굴이다. 나는 자연스럽게 우리 고양이를 떠올렸다. 이제 10살이 된 봉봉이. 아이가 없던 신혼 때 동물을 키우고 싶었던 우리 부부는 개와 고양이 중 어느 동물을 키울까 행복한 고민을 하다가 고양이를 선택했다. 그렇게 키우게 된 고양이와, 아이를 낳은 후에도 함께 잘 살고 있다.

오늘 아침 봉봉이는 남편이 출근하자마자 나와 아이가 자고 있는 안방 문을 부서져라 긁어댔다. 남편이 출근하면서 안방 문을 닫고 가는데 보통 이렇게까지 긁지 않고 거실 소파 위에서 잘만 자는데 오늘은 유난히 긁었다. 사실 긁었다기보다 두드린 것 같았다. 양손을 힘껏 들어올려 문을 두드리며 열라고 난리 치는 듯했다. 멈출 기미가 보이지 않아 문을 열었다. 봉봉이는 빨리 안 열고 뭐해,라는 식으로 나를 쓱 보더니 안방으로 들어왔다. 거실이 추웠나? 아무튼 얘는 이런 식이다. 남편이 있을 때는 절대 이러지 않는다. 세상 얌전한 고양이처럼 군다. 남편이 있을 때는 활짝 열린 안방 문이 아무리 저를 유혹해도 침대 위에 올라가는 법이 없다. 가끔 남편이 늦게 올 때 방문을 열어놓고(봉봉이가 긁는 통에 닫고 있을 수 없다.) 아이와 먼저 잠 드는 데 이때 봉봉이는 아주 당연하다는 듯이 침대 위에 올라와 잔다. 그러다가 남편의 기척이 느껴지면 현관문이 열리기도 전에 잽싸게 침대 밑으로 내려가 처음부터 거기 있었다는 듯 맨 바닥에 눕는다. 서열이 확실하다. 봉봉이 위에는 남편밖에 없다. 그리고 봉봉이 아래에는 내가 있다. 서하는 저와 동급으로 생각한다. 한때는 날 이 정도로 생각하는 봉봉이가 얄미웠지만 요즘은 그렇지 않다.

봉봉이를 자주 본다. 본다는 의미는 여러 가지로 해석될 수 있는데 여기서는 '기분을 살핀다'에 가깝다. 그리고 종종 봉봉이가 무슨 생각을 하는지 궁금하다. 아무 생각을 안 한다고 하기에는 너무하다 싶을 만큼 먼 곳을 지그시 응시할 때가 많다. 때로는 거실에 가족이 모두 모여 있으면 보기 좋다는 듯 우리를 바라보고 가끔은 못마땅한 것처럼 주시할 때도 있다. 개처럼 표정이 다양하지 않은 건 맞지만 고양이 얼굴에도 다채로움이 있다. 보는 사람의 기분이 그 얼굴에 투영되기도 하겠지만 그건 어디까지나 내 생각일 뿐 봉봉이는 봉봉이대로 이런저런 상념에 잠기는 것 같다.

봉봉이의 최대 매력에 대해 이야기하고 마무리 짓겠다. 개냥이라 불리는 종이 아니고서야 대부분 고양이의 시크함을 매력으로 꼽겠지만 봉봉이만 할까. 한두 명의 인간과 10년 정도 살게 되면 집사의 패턴에 고양이도 익숙해지기 마련이다. 봉봉이도 우리의 출퇴근 시간을 대략 알고 있다. 그러다가 내가 몸이 좀 안 좋거나 일이 있어 평소보다 집에 좀 일찍 들어가면 봉봉이는 갑자기 열린 현관문 뒤의 나를 제법 당혹스럽게 본다. '어? 이 시간에 웬일이야?' 그러면 나는 봉봉이에게 말한다. "좀 일찍 왔지. 혼자 있는 시간 방해해서 미안."

사실 이처럼 조금 일찍 온 나를 이상하게라도 바라봐주면 그나마 '인간적으로' 느껴지는데 어떨 때는 집에 들어선 나를 보고도 일말의 미동 없이 소파 위에서 잠만 잘 때도 있어 약간 서운하다. 개처럼 꼬리를 흔드는 것까지 기대하는 건 아니지만 그래도 고개라도 들어서 '왔어?' 정도는 해줄 수 있는 거 아니야? 고양이한테 바랄 걸 바라야지.

사랑하는 타인의 자는 얼굴을 바라보며 단순히 웃기다거나, 평화로워 보인다거나 하는 것을 넘어 연민을 느끼게 되는 것은 왜일까.

_요조 《실패를 사랑하는 직업》(마음산책, 2021)

#57

당신이 잠든 후에

회사를 관둔 다음부터 생활패턴이 다소 바뀐 나는 남편과 잠드는 시간이 달라졌다. 그는 출근 때문에 가급적 밤 12시 이전에 취침하는 반면 나는 자정부터가 진짜 자유시간이다. 작은 스탠드 불빛에 의지해 침대맡에서 잠들 때까지 책을 읽으면 좋겠지만 남편이 조심스럽게 "거실에 나가서 읽으면 안 될까?"라고 하면 주섬주섬 책을 챙겨 밖으로 나간다. 이불 속에서 읽는 것과 거실 소파에 덩그러니 앉아 읽는 건 또 다른 느낌이지만 배려할 타이밍에는 확실히 배려한다. 그렇게 책을 읽기 시작하면 새벽 3시 30분까지는 시간 가는 줄 모르고 있다가 눈 감기는 횟수가 는다 싶으면 내일을 위해 과감히 책을 덮는다. 조심스럽게 안방 문을 열고 살금살금 침대 속으로 들어가면 좀 전에 내게 찾아왔던 잠이 어느새 슬며시 달아나 있다. 나는 그 순간이 아까워 침대 머리맡에 둔 또 다른 책을 펼쳐 읽는다. 남편은 이미 깊은 잠에 빠진 터라 이때는 조명을 켜도 깨지 않는다.

어느 깊은 밤, 이불을 죄다 걷어차고 잠든 아이의 몸에 이불을 다시 덮어주고 남편 쪽을 보다가 화들짝 놀랐다. 남편이 엎드린 자세로 고개는 든 채 양팔로 턱을 괴고 있는 게 아닌가. 남편이 깬 줄 알고 말을 걸 뻔

했다. 두 눈은 꼭 감겨 있다. 침대 위에 엎드려 있는 것만 아니라면 턱을 괸 폼이 딱 책상 위에서 뭔가 골똘히 고민할 때의 모습이다. '아유 놀래라. 왜 저렇게 자.' 처음 그 모습을 봤을 땐 조금 웃기고 신기해서 휴대폰으로 사진을 찍어뒀다. 어쩌다 그런 거겠지 싶었다. 다음 날 사진을 보여주니 남편은 웃지도 않고 신기해하지도 않고 그저 잠시 고민하는 듯 보였다. "내가 왜 이렇게 잘까?" 그러게… 나도 묻고 싶다.

어릴 때 엄마는 자는 나를 툭툭 치며 "유미야, 턱 괴지 마. 근심걱정 생긴다."라고 말했다. 잠결에 턱을 괸 나는 엄마의 부름에 화들짝 놀라 팔을 다시 이불 속으로 쏙 집어넣곤 했다. 습관적으로 옆으로 누워 손을 턱에 괸 채 잠들곤 했기 때문이다. 그때마다 엄마는 나를 깨워 다그쳤다. "어린 것이 왜 턱을 괴고 자니." "유미야, 다리 쭉 펴고 자. 키 안 커." 턱을 괴고 웅크린 모습이 안쓰러웠는지 엄마는 자는 딸을 자주 깨웠다. 불현듯 그때 생각이 나면서 남편이 턱을 괴고 자는 모습이 안타까웠다. 걱정이 많아 잘 때도 턱을 괴는 건지 아니면 턱을 괴고 자서 걱정거리가 생긴 건지. 남편은 요즘도 가끔씩 깊이 잠들면 거의 상체를 반쯤 세우고 턱을 괸 채 잔다. 자기 전 책 보다가 그걸 발견하면 남편을 툭툭 쳐서 바로 눕게 만든다. 아니면 가볍게 흔들며 "여보, 똑바로 자."라고 조용히 말한다. 평소 고민거리를 잘 드러내지 않는 편이라 남편의 그런 모습이 신경 쓰인다. 말하지 못하는 고민거리가 깊은 잠에서까지 그를 힘들게 하는 건 아닌지.

나의 잠든 모습은 타인만이 발견할 수 있다. 내가 남편의 잠든 모습을 보는 것처럼 그도 나의 잠든 모습을 본다. 이른 아침 출근할 때마다 잠든 내 볼에 뽀뽀를 하고 가기 때문이다. 나는 남편의 그 패턴 때문에 전날 조금 더 깨끗이 세수하고 잔다. 그가 본 내 잠든 모습은 걱정을 한 짐 안고 자는 얼굴이 아니라 평온한 얼굴이었으면 좋겠다.

✳

**편집된 다른 이의 삶을 보며 부러워하는 것으로
나의 삶의 목표를 채운다니 어딘가 속이 빈 과자 같지만
사실 나는 이런 감정의 모방을 좋아한다. 부럽다는
감정을 내가 어떤 사람이 되고 싶은가에 대한 에너지로
쓴다면 그리 해롭지는 않을 것이다. 마음을 다해
차분하고 싶고 심각할 정도로 즐겁고 싶다.**

_김사월 <내가 원하는 새벽으로>(책장위고양이 시즌3)

#58

님을 향한 부러움은 에너지가 되고

가끔 스스로에게 질문한다. 요즘은 "어떻게 살고 싶은가?"라고 묻는다. 따로 시간을 정해놓고 하는 것도 아니고 그냥 아이 밥 주다가, 일요일 아침 느지막이 일어나 뭐 배달시켜 먹을까 고민하다가, 이런 질문이 튀어나온다. 참 뜬금없다. 어떻게 살고 싶어? 라는 질문은 지금 내가 원하는 대로 산뜻하게 살고 있지 않아서다. 변하고 싶다. 달라지고 싶다는 뜻.

최근엔 정갈하게 살고 싶어졌다. 상태와 기분을 나타내는 무수히 많은 단어 중에 유독 '정갈'이란 단어에 꽂힌 건 인스타그램으로 관찰하는 타인의 정갈한 삶 때문이다. '정갈하다'를 사전에서 찾아보면 '깨끗하고 깔끔하다'라고 나온다. 물건의 많고 적음의 문제가 아니라 복잡함 속에서도 질서가 있고 그 상태를 잘 유지하기 위해 그들이 얼마나 부지런히 쓸고 닦는지가 언뜻 보이기에 나도 그렇게 살고 싶어진다. 정갈한 타인의 삶에 대해 늘 긍정적인 건 아니다. 그 이면에는 질투와 시기가 내포돼 있다. 그러면서도 계속 본다. 가끔은 나와 정반대로 단정하게 사는 그들을 보며 '난 정말 이렇게 못 살 것 같아!'라면서 그들을 언팔하며 괜한 화풀이를 할 때도 있다. 혼자 북 치고 장구 친다. 그 횟수가 하나둘 늘어나면 내가 조금 쪼잔하게 느껴지기도 한다.

어느 날 '책장위고양이'라는 이메일 구독 서비스로 에세이 한 편을 읽었다. 김사월 작가는 "부럽다는 감정을 내가 어떤 사람이 되고 싶은가에 대한 에너지로 쓴다면 그리 해롭지는 않을 것이다."라고 썼다. 그 한 줄은 마치 나를 더 이상 쪼잔한 사람이 되지 않게 해줄 구원의 빛 같았다. 작가도 유튜브로 누군가의 하루 루틴을 엿보곤 하는데 분명 편집되고 연출된 것이란 걸 알면서도 그들의 삶이 부러웠다고 한다. 고작 그렇게 만들어진 영상을 보고 부러워하는 게 "속 빈 과자" 같다고 말하면서. 우린 여전히 누군가를 부러워하는 것에 묘한 승부욕을 품고 있다. 하지만 그의 말대로 이 감정을 에너지로 쓴다면 어떨까? 정갈하게 살고 싶다면 정갈하고 차분하게 사는 사람들의 이야기를 접하며 그런 생활을 유지하는 사람이 되려는 에너지로 활용한다면?

단정하게 살고 싶다고 또 한 번 되뇌면서 그러지 못한, 내게 부족한 부분을 떠올려봤다. 밥을 허겁지겁 먹거나 혼자 먹는다고 플라스틱 반찬통 그대로 식탁 위에 꺼내놓거나 주말 아침 늦잠을 자고 오후 3, 4시가 될 때까지 씻지 않는 것. 필요한 물건을 가까이 둔답시고 주변으로 계속 물건들이 어지럽게 쌓이도록 방치하는 것. 청소기는 날마다 돌려도 걸레질은 2, 3주에 한 번씩 하는 것. 이불 빨래를 좀 더 자주하지 않는 등등… 답은 하나다. 부지런해지는 것. 계속 움직이는 것. 많은 노력이 필요하겠다. 어쨌거나 부러운 마음을 에너지로 쓰기 위해 더 많은 '정갈인(人)'들의 삶을 엿봐야겠다.

✳

지하철을 탄 우리 앞에는 크게 두 가지 선택지가 놓인다. 책을 읽거나, 읽지 않거나. 지하철에서 책을 꺼내 펴는 간단한 행동, 이게 뭐라고 우리 삶은 오늘부터 '걸어갈 필요가 없는 길'에서 아주 조금씩 비켜난다.

_황보름 《매일 읽겠습니다》(어떤책, 2017)

#59

책책책, 책을 읽읍시다!

지하철을 타고 싶을 때가 있다. 순전히 책을 읽기 위해서. 책 읽는 동안 목적지에 데려다주니 지하철에서 책읽기를 좋아했다. 지하철 탈 일이 줄어들어 아쉬운 건 독서 하나다. 퇴사하고 생활 반경이 확실히 좁아졌다. 예전에는 직장이 있는 서울 강남을 중심으로 퇴근 후 회식이나 저녁 약속 등이 이뤄졌다면 최근은 책방과 집이 있는 동네로 축소됐다. 코로나19로 집콕 생활이 길어져 서울 나갈 일은 더더욱 없어졌다. 직장에 다닐 때 하루 2시간 이상 꼬박 지하철이나 버스에서 보내야 했다. 대부분의 사람이 스마트폰으로 뭔가를 보는 것과 달리 나는 늘 책을 읽었다. 가끔 책을 읽다가 고개를 들어 주변을 살피면 나 혼자 책을 보고 있었다. 그럴 때면 이런 상상을 했다. 오래 전 인기리에 방영됐던 〈책책책, 책을 읽읍시다〉와 같은 TV 프로그램이 지금도 있다면 이 지하철에서 책을 읽는 사람은 나뿐이니까 내게 와서 인터뷰를 요청하겠지? "책 읽는 분을 발견했습니다! 저분께 가보도록 하지요!" "지금 무슨 책을 읽고 있나요?" "책 내용을 조금 소개해주실 수 있을까요?" 생각만 해도 피식 웃음이 난다.

2001년도에 방영된 〈책책책, 책을 읽읍시다〉는 좋은 책을 지정해 온 국민이 읽고 토론해보자는 취지로, 만일 길거리 인터뷰하는 도중에 해당 책을 읽는 사람이 나타나면 그에게 최근 발간된 책 2,000권이 빼곡히 꽂힌 책장에서 100초 동안 가져갈 수 있는 만큼 책을 골라 갈 수 있는 행운이 주어진다. 책 좋아하는 사람들에게 이만한 선물이 있을까? 오랜만에 추억에 젖고 싶어 유튜브로 프로그램 영상을 찾아봤다. 김용만 유재석이 진행했고(당시 유재석은 말을 거의 못 했다.) 프로그램의 첫 책이 김중미 작가의 《괭이부리말 아이들》이었다. 당시 이 프로그램이 워낙 인기여서 나도 서점에서 이 책을 구입해 읽던 기억이 난다.

유튜브 영상 아래 많은 사람이 이런 프로그램 다시 생겼으면 좋겠다는 댓글을 달았다. 나도 같은 생각이다. 2001년에도 책 읽는 사람 찾기가 힘들었는데 지금은 오죽하랴. 책을 대체할 수 있는 더 다양한 매체가 생겼다. 전자책은 물론이고 오디오북까지 생겼으니 책을 들고 있지 않더라도 책을 듣고 있는 사람이 있을지 모른다. 지금 이런 프로그램이 다시 생긴다면 MC와 스태프들이 허탕치고 돌아가는 날이 많을지도 모르겠다. 지하철에서 책 읽는 사람을 발견하면 내심 반갑고 그 사람이 읽는 책은 더 궁금해진다. 어쨌거나 외치고 싶다. 우리 다시 책책책, 책을 읽읍시다!

✳

체했을 때 흔히 손을 주무르는 것이 효과가 좋다고 알고 있지만, 몸의 한가운데 위치한 위와 마찬가지로 발바닥에도 위에 좋은 지압점이 있어요. 가운데에 가장 움푹 들어간 곳이 그곳인데 평소 위가 좋지 않다면 이곳을 자주 눌러주세요. 우리 모두 건강한 위를 위해 꾹꾹 눌러보아요.

_지콜론 편집부 《책상 생활자의 주 5일 틈새 스트레칭》(지콜론북, 2020)

#60

약 없이 살고 싶어

회사를 관둔 뒤 소화제 먹는 횟수가 현저히 줄었다. 직장 다닐 땐 책상 서랍에 반드시 소화제와 바늘이(알코올과 솜까지) 있었다. 소화제로도 뚫리지 않을 때 급한 대로 손을 따기 위해서다. 왜 그렇게 소화불량이 심했을까? 그땐 소화제 먹는 게 너무 당연해서 밥 먹고 비타민 챙겨 먹듯 위장약을 삼켰다. 점심 먹고 산책은커녕 사무실 책상에 엎드려 부족한 잠을 채웠다. 업무를 시작하는 오후 1시가 되면 어김없이 숨 쉬기 힘들 정도로 명치가 답답했다. 초반에는 그럭저럭 잘 듣던 소화제에 나중엔 내성이 생겨 듣지 않았다. 너무 아프니까 스스로 손에 피를 냈다. 검은 피를 보면 그제야 속이 풀리는 것 같았다. 회사 생활 막바지까지 늘 이런 패턴이었다.

1년 반이 지났다. 잘 인식하지 못하다가 최근에서야 소화제를 거의 먹지 않는단 걸 깨달았다. 그만큼 억지로 앉아있어야 하는 시간이 줄었기 때문일 수도 있다. 앉아있기 싫으면 일어나 책방 앞 공원에라도 갈 수 있다. 점심에 같이 먹기 싫은 사람과 먹고 싶지 않은 메뉴를 먹지 않아도 되어서일지도 모른다. 밥 생각이 없으면 안 먹고 배고프면 먹고. 내 마음대로다. 자유가 소화불량까지 치료했나? 그렇다면 퇴사 후 몸이 더 건

강해진 걸까? 그건 또 아니다. 왜 그런지 요즘은 30분만 책상 앞에 앉아있어도 온몸의 뼈가 아우성을 친다. 예전에 회사에서는 꼬박 7, 8시간을 어떻게 앉아있었던 건지 의아할 정도. 더군다나 나는 자리에서 엉덩이를 쉽게 떼지 않는 직원이었다. 그러니까 화장실 갈 때 빼곤 줄곧 앉아서 일했다. 그때도 어깨가 아파서 파스를 자주 붙이긴 했지만 지금처럼 목과 어깨가 으스러지는 것처럼 아프진 않았는데. 어째 하나가 멀쩡해지면 다른 하나가 말썽인가. 그냥 아무데도 안 아프고 건강한 몸으로 살 순 없는 건가. 소화도 안 되는데 어깨까지 아픈 것보단 낫다고 위안하며 지내야 하는 건가?

바로 어제도 병원에 가 어깨 진통제를 3주치 지어왔다. 봉지가 터질 듯 꽉 채워진 약을 보고 있자니 휴, 하고 한숨이 나오면서 왠지 모르게 안심도 된다. 아프면 바로 삼킬 약이 있다는 게 마음이 놓인다. 약에 너무 의존하면 안 되는데… 진통제가 없으면 불안해지는 삶이 왠지 서글프다. 소화제나 진통제 없이도 건강했던 시절로 돌아가고 싶다. 운동 안 하는 마흔셋 아줌마의 너무 큰 욕심인가?

✳

행복의 척도는 필요한 것을 얼마나 많이 가지고 있느냐에 있지 않다. 없어도 좋을 불필요한 것으로부터 얼마만큼 홀가분해져 있느냐에 따라 행복의 문이 열린다.

_법정 《스스로 행복하라》(샘터, 2021)

#61

적어도 페트병 하나만큼 비웠다

확실히 배달음식을 먹는 횟수가 늘었다. 오래 전에는 배달로 해결할 수 있는 게 중국음식이나 치킨 정도였지만 요즘은 패스트푸드는 물론이고 국밥이나 브런치 같은 메뉴도 한 시간 정도 여유를 갖고 기다리면 집 앞에 도착한다. 코로나19로 외식할 수 있는 여건이 안 되면서 음식을 자주 시켜먹게 됐다. 평일 저녁도 2, 3번 주말에는 대부분을 배달음식으로 해결했다. 처음에는 별게 다 배달되네? 하면서 신기한 마음에 배달 어플을 손에서 놓지 않았지만 나중에는 어떤 한계에 닿는 느낌이었다.

그 한계 중 하나가 주체하기 힘든 쓰레기였다. 한 번 음식을 주문하면 포장 용기가 기본 3개 이상 나오는데 그중 하나에는 반드시 남은 음식물이 가득 담긴 채 식사를 끝냈다. 주문 가능 금액에 맞춰 시키다 보니 늘 음식을 넘치게 주문했고 숟가락을 놓는 순간 음식물 쓰레기로 돌변했다. 허겁지겁 허기진 배를 채우면 쓰레기와 죄책감이 남겨졌다. 베란다 재활용 분리함에 쌓이는 일회용품들을 보며 가끔은 쓰레기를 주문한 건 아닐까 하는 생각마저 들었다. 남편은 배달음식을 좀 자제해보자고 했다.

"쓰레기가 너무 나오는 것 같아."

그도 그럴 것이 재활용 쓰레기 버리는 일은 남편

담당이라 느끼는 바가 나보다 더 심하면 심했지 덜하진 않으리라. 그렇다고 끼니마다 해 먹을 순 없고(내가 자신이 없다.) 배달음식 대신 집에서 한두 번은 간단히 해결할 수 있는 방향으로 바꿔 가기로 했다. 더불어 물도 생수 1.5리터 6병 묶음을 매번 사다 먹었는데 버려지는 페트병이 엄청나 휴대용 정수기를 구매해 수돗물을 정수해 먹기 시작했다. 하루 이틀이면 생수병 하나씩 버렸는데 물통처럼 생긴 정수기를 직접 닦아 필터를 교체하며 쓰니 훨씬 마음이 가벼워졌다. 물맛도 기대 이상으로 좋았다.

카페를 이용할 때도 가급적 텀블러를 들고 간다. 책방에 있으면 하루에 한두 잔은 꼭 커피를 사마시게 되는데 그때마다 텀블러를 쓰니 일회용 컵을 안 버리게 됐다. 여전히 배달음식을 아예 끊진 못했고 가끔은 텀블러를 잊고 일회용 컵에 커피를 마시지만 의식하고 있다는 것만으로도 희망은 있다고 여기기로 했다.

얼마 되지 않았지만 쓰레기를 조금씩 줄여 홀가분해진 마음에서 진정한 행복이 느껴졌다. 지구를 위해 뭔가 행동하고 있다고 생각하니 뿌듯했다. 오늘 내가 줄인 페트병 하나가 지구 환경에 얼마나 도움이 되겠냐고 하지 않고 페트병 하나만큼은 도왔다고 생각하기로 했다.

아들과 30센티미터 떨어진 곳에서 그 녀석의
행복을 구경하고 싶다.

_신혜영 《아들! 엄마 좀 나갔다 올게》(유노북스, 2018)

#62
너의 행복 구경하기

자주 가는 주유소 바로 옆에는 맥도날드(DT)가 있다. 가끔 차에 기름을 넣고 햄버거를 사먹는다,는 거짓말이고 주유할 때마다 햄버거 사먹는 걸 잊지 않는다. 더 솔직해지자. 때로는 햄버거가 먹고 싶어서 기름을 넣으러 갈 때도 있다. 평일 오후에 아이를 어린이집에서 픽업해 그대로 집에 들어가기 싫을 땐 주유소, 아니 맥도날드로 향한다. 타이밍도 괜찮았다. 기름 넣을 때가 되기도 했고 세차할 때도 된 것 같다. (기름을 넣으면 자동세차 시 3,000원 할인된다.) 셀프 주유를 마친 뒤 곧장 자동세차 기계로 들어선다. 아이와 나는 살짝 긴장한 채 자동으로 움직이는 기계 속으로 빨려 들어간다. 깨끗해진 차를 반 바퀴 빙 돌아 맥도날드로 향한다. 서하는 햄버거보다 감자튀김을 좋아해서 나는 치즈버거 세트 하나만 주문한다. 치즈버거는 내가 먹고 감자튀김은 서하가 먹는다.

맥도날드 햄버거야 언제나 맛있지만 이렇게 드라이브스루를 이용해 먹을 때 가장 맛있다. 짭조름한 감자튀김은 따끈하고 콜라는 시원하다. 집까지 가는 20분을 참지 못하고 운전하는 틈틈이 햄버거를 먹는다. 조수석에 앉은 아들은 '감튀'를 하나씩 뽑아먹으며 행복감에 취해 있다. 이때다 싶어 내가 마시던 콜라를 아이에게 쓱 내민다. 주스를 따로 주문했어야 하는데 그러지 못했고 콜라가 몸에 그리 좋은 게 아닌 걸 아이도 알아서 달라고도 안 했지만, 감자튀김 먹고 콜라 마시는 그 개운함을 아이와 공유하고 싶었다. 내가 내민 콜라를 받기 전에 휘둥그레진 두 눈으로 나를 바라보는 아들. 아이의 눈은 마치 '이렇게 황송한 콜라를 제가 받아도 괜찮겠습니까?' 하는 눈빛이다. 감동해서 눈물이라도 흘릴 기세다.

"얼른 받아, 엄마 운전하잖아. 조금만 마셔."라고 말하고 아이의 손에 컵을 쥐어준다. 서하는 신의 물방울이라도 받아 마시는 것처럼 빨대를 쪽 하고 빤다. 그리고 엄청 행복한 미소. 아들의 행복을 30센티미터 떨어져 구경한다. 행복에 취해 아이가 이성을 잃고(?) 콜라를 계속 마시지 않도록 적당한 때에 컵을 빼앗는 걸 잊지 않는다.